野いちご
KEITAI
SHOUSE
BUNKO
SINCE 2009

総長さま、溺愛中につき。⑥

～暴走レベルの危険な独占欲～

＊あいら＊

STARTS
スターツ出版株式会社

イラスト/朝香のりこ

超王道小説、ここに参上。

圧倒的な力でNo.１の座に君臨（くんりん）していた
国内トップクラスの暴走族を、
たったひとりで潰（つぶ）したのは――。
『サラ』と呼ばれた、絶世（ぜっせい）の美少女。

主人公をめぐり、No.１対 No.２の戦い勃発（ぼっぱつ）!?

「お前……由姫（ゆき）、なのか？」
総長さまには、素顔（すがお）がバレ……。

「俺には、サラしかいないっ……」
別れを告げられた浮気症の元カレは大暴走？

そしてついに――。
「……春ちゃん、久しぶり」
――本当の、再会？

波乱だらけの第③巻、開幕!!

※溺愛度（できあい）、測定不能です※

総長さま、溺愛中につき。③
～暴走レベルの危険な独占欲～
人物相関図

伝説を作った
最強の美少女

同一人物

サラ
本当の姿

主人公

2年

白咲(しらさき) 由姫(ゆき)　通り名/サラ

ワケありで地味子ちゃんに変装中。本来の姿はとてつもなくかわいいが本人は気づいていない。曲がったことが大嫌いで、ケンカは負けなし。じつは昔、最強の伝説を作ったことがあるようで……？

3年

東(あずま) 舜(しゅん)

nobleの副総長兼・生徒会副会長。誰にでも優しいが、中身は真っ黒。とある理由でサラを必死に探している。

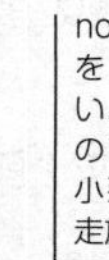

nobleの幹部。情報収集をしていて、勘がよい。生徒会会計。学園のアイドル的存在で、小悪魔。サラに憧れ暴走族に入る。

3年

南(みなみ) 凛太郎(りんたろう)

暴走族 No.1
チーム noble

3年 西園寺 蓮（さいおんじ れん）

最強の暴走族であるnobleの総長。女嫌いでクールだが、生徒会長も務めている。サラのことは噂で聞いていて知ってはいるが、特に興味はない。地味子姿の由姫を溺愛……!?

3年 滝 勇治（たき ゆうじ）

nobleの幹部。特攻隊長で、まわりからの信頼が厚い男の中の男。生徒会書記。女に興味はないが、サラは別。

2年 新堂 海（しんどう かい）

由姫のクラス内のリーダー的存在。蓮たちからは次期総長候補として一目置かれている。優しく穏やかな性格で、カリスマ性を持つ男。

暴走族 No.2
チーム fatal

3年
天王寺(てんのうじ) 春季(はるき)

fatalの総長で、風紀委員長。サラの彼氏で、サラを溺愛している。すべてにおいて無気力で、サラ以外興味がない。

2年
如月(きさらぎ) 華生(かよい)(左)&弥生(やよい)(右)

由姫のクラスメイトの生意気な双子。海とは所属が違うため仲が悪い。由姫のことが気に入ったようで……？

3年
千里(せんり) 秋人(あきと)

fatalの副総長で風紀副委員長。極度の面食いのため、変装をした由姫に対する扱いがひどい。美少女なサラの顔は、好みの顔No.1と断言している。

3年
鳳(おおとり) 冬夜(とうや)

fatalの幹部で、風紀委員メンバー。ケンカの先頭を率いることが多々ある。気分屋な総長に呆れ気味。サラが好きで、昔から片想いしている。fatal唯一の常識人。

3年
難波(なんば) 夏目(なつめ)

fatal幹部＆風紀委員メンバー。可愛い見た目とは裏腹に、ケンカっ早く悪魔のような性格。サラの笑顔に惚れていて、春季からいつか奪おうと企んでいる。

由姫のクラスメイト

氷高拓真（ひだかたくま） 2年

チームに属していない一匹狼。校内ではケンカが強く恐れられている存在だが、由姫とは幼なじみで、クラスメイト。双子の華生・弥生とは犬猿の仲。

前回までのあらすじ…

生徒会の小悪魔系男子・南に、サラであるとことがバレてしまった由姫。生徒会がnobleのメンバーで構成されていることを知ったばかりの由姫は、複雑な気持ちだったが、南に後押しされ生徒会メンバーになることに。一方、春季率いるfatalのメンバーたちは、サラの面影を探すばかりで、メンバー内の空気も悪くなっていた。荒れていくfatalを見て傷つく由姫に、蓮は「気がすむまで泣けばいい」と優しく慰める。蓮に元気づけられ、自分の気持ちと向き合う覚悟を決めた由姫は、春季に別れを告げて……。

☆ contents

ROUND＊09
対面

それぞれのライバル

「春ちゃん……」

私はすぅっと息を吸って、すべての覚悟を吐き出した。

「──私たち、別れよう」

スマホごしに聞こえたのは……。

《……え？》

天王寺春季──春ちゃんの、困惑と絶望の間で揺れるような、悲痛な声。

その声に、自分から言い出したこととは言え胸は痛む。

ごくりと、息をのんだ音が聞こえた。

「どうして……？」

春ちゃんの声は、風が吹けば飛ばされそうなほど弱々しく、震えている。

《急に、そんなこと……俺、何かした？》

「……」

あえて返事はしなかった。

だって……春ちゃんはきっとわかってるはずだ。

賢い人だから……気づいてないはずがない。

《サラ、待って、話し合おう……！　何があったの？》

知らないふりをする春ちゃんとこれ以上話していたくなくて、ぎゅっと目を閉じる。

スマホを持つ手にも、力が入った。

春ちゃんが……私に気づかれないと思って浮気を重ねて

いたんだと思うと、虚しい。

「お願い。別れよう春ちゃん」

これ以上、私の中の春ちゃんが崩れる前に、もう終わりにしよう？

せめて思い出の中でだけは、輝いていてほしいよ。

大好きな、春ちゃんのままで……。

《……っ。嫌だ、絶対に別れな——》

「私もう、春ちゃんのこと好きでいられない」

春ちゃんの声を遮って、はっきりと告げた。

「……さよなら春ちゃん」

《待ってサラ、話をしよう。お願い、由姫——》

——プツッ。

小さな音を残して、切れた通話。

春ちゃんに名前呼ばれたの……２回目だ。

初めて本名を教えた日。あの日は……私たちの交際が、始まった日だったね。

２回目が終わりの日だなんて、悲しいけど……もうきっと、春ちゃんに名前を呼ばれることはない。

私は電源を落とし、スマホを枕元に置く。

春ちゃん……動揺していたな……。

「はぁ……急すぎた、かな……」

すごく一方的な別れになってしまった。

最後くらい、春ちゃん側の話を聞くべきだったかもしれない、という考えが一瞬よぎったけれど、すぐに首を左右に振る。

これでいいんだ。

話をしたって、別れるという決断は変わらないんだから。

ねえ春ちゃん……私ね、すごくすごく春ちゃんのことが好きだった。

この気持ちに……少しも嘘（うそ）はなかったよ。

春ちゃんに会いたくて、私、編入までしたんだから。

「バイバイ春ちゃん……」

私、これからは、春ちゃんのいない未来を歩いていくんだ──。

お風呂（ふろ）に入って眠りについて、そして新しい朝を迎えた。

カーテンを開けると、差し込んだ眩（まぶ）しい朝日が部屋を照らす。

「いい天気……」

空が応援してくれているのかな、なんて都合のいいことを思いながら、うんっと伸びをする。

「よし、今日も元気にいこう！」

今日から私は、ただの白咲（しらさき）由姫。春ちゃんの彼女でも、サラでもない……新しい自分。

やっぱり寂しさもあるけど、不思議と清々（すがすが）しい気持ちのほうが勝（まさ）っていた。

寮を出て学校へ向かう。

その間、noble（ノウブル）のメンバーから何度も挨拶（あいさつ）され、私もペコペコと頭を下げて歩いた。

　西園寺蓮（さいおんじれん）――蓮さんが体育館で言ってくれたおかげで、いつものように陰口を言われることは一切なかった。

「おはようっ」

　教室に入ると、すでに４人が揃（そろ）っていた。

「おはよう由姫！」

「由姫～！　昨日連絡したのに、もう寝てたの？」

　いつものように抱きついてきた双子の、如月弥生（きさらぎやよい）くんと華生（かよい）くん。

　昨日連絡？　あっ、メッセージでもくれたのかな。

　そういえば……春ちゃんの電話を切ったあとからずっと、電源を切りっぱなしだった……！

「ごめんね、スマホの電源落としてた……！」

　慌ててポケットに入れているスマホを取り出し、電源を入れる。

「ＪＫがスマホ触らないとかあるの？」

　新堂海（しんどうかい）――海くんが、驚いた様子で私を見ていた。

「うーん、連絡取る以外では使わないからなぁ……」

　連絡手段以外のＳＮＳとかもしていないし、ゲームも禁止されてるから。

　私のスマホデビューは高校１年生の時で、お母さんからは『過剰な使用は控えること』と厳しく言われていた。

　前の高校の女子友達は、確かにみんなスマホをよく触っていたし、女子高生にしては使いこなせていないのかもしれない。

「由姫っぽいわ」

　なぜかうれしそうに笑う海くんの心理がわからなかったけど、追求することでもないかと話はそこで終わった。

　スマホが起動して、華生くんからのメッセージを探そうとした時だった。

「わっ……！」

　画面上に通知が表示され、その量に目を見開く。

　春ちゃんから、着信204件、新着メッセージ185件……。

「由姫？　どうした？」

　驚いて言葉を失った私を見て、氷高拓真（ひだかたくま）──拓ちゃんが心配そうに顔を覗（のぞ）き込んでくる。

　慌てて平静を装って、笑顔を浮かべた。

「あ……ううん、何も！」

　すごい件数……内容を見るのが、ちょっと怖（こわ）い……。

「あ、あの、お手洗いに行ってくる……！」

　いったん教室から出ようと、そう言って駆け出した。

　非常階段なら人がいないだろうと、急いで移動する。

　その場にしゃがみ込み、春ちゃんからの通知を再度確認。

　わ……留守番電話まで入ってる……。こんなに連絡をくれていたなんて……昨日寝てないのかな……？

　意を決して、メッセージを開いた。

　短いメッセージがいくつも並んでいて、上のものから視線を走らせていく。

【お願い、もう１回だけ話そう？】

【電話に出て、お願い】

【俺の話、聞いてほしい】

【サラが嫌なとこ全部直す】

【なんでもするからもう一度チャンスが欲しい】

【サラ】

【お願い】

【俺、サラがいないと生きていけない】

……春ちゃん……。

留守番電話も確認すると、悲痛な声で何度もメッセージと同じことを繰り返していた。

『サラ、お願い。俺、サラのことが大好きなんだ。愛してる……だから、もう一度だけチャンスをちょうだい』

……っ。

優しくて愛情をいっぱい注いでくれた春ちゃんを思い出し、胸が痛んだ。

浮気されていたのは事実だけど、この春ちゃんの言葉が嘘だとは、どうしても思えない。

そのくらい、真剣で切実な声色だったから。

やっぱり、別れを切り出すのが突然すぎたというか、せめて話し合ってから、お互いに納得した形で別れるべきだったのかな。

春ちゃんは、全然納得がいっていないみたいだし……。

そう思ったけど、ハッとして首を横に振った。

……ううん、違う。ここで揺れたらダメだよね。

ちゃんと覚悟して、別れの電話をしたんだから……。

スマホの電源、切っておこう……。

何より春ちゃんが言い訳をするところなんて見たくないもん。

――プルルルッ。

確認している最中に春ちゃんからの着信が入り、思わず通話ボタンを押しそうになった。

慌てて【拒否】のほうを押して、ほっと息を吐く。

びっくりした……。

ごめんね、春ちゃん……。

華生くんのメッセージだけ確認して、私はまた電源を落とす。そしてスマホをポケットに入れ、教室へと戻った。

放課後になり、帰る支度をする。

「由姫、今日も生徒会？」

「うん、そうだよ」

華生くんの言葉に答えると、不満げな表情を向けられた。

華生くんだけではなく、弥生くんや拓ちゃんまで同じように眉間（みけん）にシワを寄せた。

「次にない日はいつ？」

「わからないの……聞いておくね！」

「うん……」

私の返事が腑（ふ）に落ちないのか、弥生くんは眉（まゆ）をハの字にして下を向く。

相変わらずみんなの生徒会嫌い……もとい、noble嫌いは健在なのかな……あはは。

「次に休みの日は、一緒にクレープ食べに行こうね」

機嫌を直してほしくて、ふたりに言った。

「「行く!!」」
　目を輝かせたふたりに、よかったとほっとする。
「ふふっ、おいしい場所教えてもらったの！」
　生徒会の南凛太郎（みなみりんたろう）――南くんが連れていってくれたクレープ屋さん。全種類のクレープを制覇（せいは）したい……！と、私は意気込んでいた。
　おいしかったから、またふたりとも行きたい。
　そう思ったけど、なぜか弥生くんと華生くんは顔を曇らせた。
「……教えてもらったって……生徒会の奴（やつ）に？」
「うん、そうだよ」
　弥生くんの言葉に頷（うなず）くと、またみんなが不満げな表情になってしまう。
　あ、あれ？　また機嫌を損ねるようなこと言っちゃったかなっ……？
「やっぱりクレープは行かない！　俺たちのオススメのところ連れていってあげる！」
　え？
　ふたりのオススメ……？
　それは気になる……!?
「楽しみにしてるねっ」
　何度かふたりにお店を紹介してもらったことがあるけど、どこも絶品だった。
　今度はどんなおいしいものが食べられるんだろう～と思うと、胸が躍（おど）る。

「由姫、餌づけされるなよ」

「え？　餌づけってどういう意味拓ちゃん」

「由姫～、こんななんちゃって一匹狼の言うことは無視していいからね～」

「そうだよ～、こんなムッツリストーカーの言うことは無視してね～」

「てめーら殺されたいのか？」

よくわからないけど、不穏な空気なことだけは察した。

「うまいもんなら俺も食いに行くから、みんなで行けばいいだろ」

「「「お前は黙ってろ」」」

仲裁に入った海くんが、総ツッコミを受けている。

か、かわいそう……。

「由姫、生徒会室まで送っていく」

「……え？」

拓ちゃんの言葉に、驚いて首をかしげる。

送っていくって……ど、どうして？

「生徒会室くらいひとりで行けるよ？」

いつもひとりで行っているし……急にどうしたんだろう？

「いいから」

断ったのに、なぜか送ってくれる気満々の拓ちゃん。

「お、俺も送っていく!!」

「俺も!!　抜け駆けすんな!!」

「俺も行こうかな～」

弥生くん、華生くん、そして海くんまでカバンを持って立ち上がり、私はパチパチと瞬(まばた)きを繰り返した。

わ、私、そんなに方向音痴(おんち)に見えるっ……？

心配してくれるのはうれしいけど、生徒会室に行くだけでみんなに送ってもらうなんて……な、なんだか幼い子供みたい……。

「平気だよ……！　私、さすがに生徒会室までの道はわかってるし……」

「そういうことじゃなくて……」

拓ちゃんはそう言ってから、ぼそりと後に続く言葉をつぶやいた。

「あいつらに、言っておかないといけないからな」

あいつら……？

「珍しく意見があったな」

「同感。由姫は俺らのだって、見せつけないと」

拓ちゃんの言葉に共鳴するように、弥生くんと華生くんも表情をこわばらせた。

「俺はもしもケンカになりそうになった時用に、ストッパーとしてついていくよ」

「……？」

みんな、しゅ、主語を喋(しゃべ)ってほしいっ……！

その後も何度か「大丈夫」と伝えたけど、もう送ることが決定事項のようなみんなの姿に、これ以上断るのも悪いと思い、お言葉に甘えることにした。

「生徒会室って遠いよな。毎日行くのめんどくさくない？」

生徒会室までの道を歩きながら海くんが言う。

「そうかな？　あんまり考えたことなかったなぁ」

九州(きゅうしゅう)にいたころは通学距離が長かったし、校内の移動範囲に苦痛は感じない。

むしろ、敷地内に寮があって、すぐに通学できるなんて夢みたいだよ！

「……由姫？」

もうすぐ生徒会室につく……という時、ちょうど向かい側から東舜(あずましゅん)——舜先輩たちが歩いてくるのが見えた。

その瞬間、弥生くんと華生くん、そして拓ちゃんの醸(かも)し出す空気が変わった。

まるで敵と対峙(たいじ)したみたいに、周囲の空気がピリついたのがわかる。

敵意を隠さない３人に対して、舜先輩は少しも怯(ひる)むことなくいつもどおり平然としている。

「舜さん、お疲れ様です」

海くんが、笑顔で言った。

「ああ。どうしてお前がここにいるんだ？」

「みんなで由姫をお見送りってやつです」

「ほお……すっかりお姫様だな由姫」

お、お姫様？

どちらかというと、完全に子供扱いな気が……。

「でも、蓮が嫉妬(しっと)するからほどほどにな」

……っ。

私は、昨日の告白を思い出した。

忘れていたわけじゃないけど……蓮さんに告白されたという事実を、まだ受け入れられていない。

だ、だって、あんなに素敵(すてき)な人が……私みたいな人間を好きになることなんて、ある？

っというか、舜先輩は知っていたのっ……？

「あ、由姫～!!」

返事に困っていると、舜先輩が来た方向から南くんが現れた。

後ろから、滝勇治(たきゆうじ)──滝先輩もついてきている。

「友人たちか？」

「はい」

滝先輩の言葉に、笑顔で頷いた。

「おい！」

突然、舜先輩たちを見ながら声を上げた弥生くん。

先輩たちを見る視線は鋭く、睨(にら)みつけていた。

「ん？　どうしたの～？」

いつもどおりのかわいい笑顔を浮かべながら南くんが尋ねる。

「由姫は俺たちのだからな」

……ん？

弥生くんの言葉に、首をかしげた。

私が、弥生くんたちのもの……？

「生徒会のもんじゃねーぞ」

華生くんまで……何を言ってるんだろう？

ふたりを見ると、さっきよりもこわーい顔で、舜先輩たちを睨みつけている。

こんな顔をしているふたりは、初めて見た。

一方の南くんは少しも表情を変えることなく、笑顔を顔に貼りつけている。

それどころか……。

「えー、怖い〜！　そんなこと言われなくても、わかってるよ」

そう言って、かわいくウインクをした南くん。

「由姫は生徒会の、たいっせつなお姫様だからっ」

……？？？

ひとり、首だけが傾いていく私。

「……こいつ……！」

「くそ、南凛太郎……」

弥生くんと華生くんがぼそっと何か言って舌打ちをしたけど、何に怒っているのか謎だ。

「あれ、僕の名前知ってるの？　うれしいな〜。でもでも、僕はキミたちのこと知らないや」

ん？　南くん、この前fatalの双子って……ふたりのこと知ってた気が……。

気になったけど、口を出せる空気ではなく、黙っていることにした。

す、すごく気まずい……みんなピリピリしてる……。

「南さん、あんまりこいつら煽らないでやってください」

こういう時に、いつも仲裁に入ってくれるのは海くんだ。

「そうだぞ。下級生相手にやめろ」

　滝先輩も止めに入ってくれて、ほっと胸を撫(な)で下ろす。

「そういう態度もムカつくんだよ……」

「下に見てんじゃねー！」

　あ、あれ……逆効果だったのかな……？

　ますます苛立(いらだ)ちを募らせている様子のふたりに、苦笑が漏(も)れる。

　どう収拾(しゅうしゅう)をつけようかと思っていると、ずっと傍観(ぼうかん)していた舜先輩が口を開いた。

「由姫を送ってくれたことは感謝する。が、用がないなら早く帰れ。由姫、行くぞ」

　えっと……ここで別れたほうがいいのかな。

　みんなにバイバイと言おうと、振り返る。

　すると……。

「……おい」

　沈黙を貫いていた拓ちゃんが、声を上げた。

　聞いたことのないような、低い声。

　拓ちゃん、どこからそんな声を出してるの……？と、また私の頭上にはてなマークが増えた。

「あんたらの頭に言っとけ。由姫に手出すなって」

　頭って、蓮さんのこと？

　舜先輩が、ふっと意味深な笑みを浮かべる。

「伝言として受け取ってもいいが、あいつは聞かないぞ。なんせ由姫のことになると盲目(もうもく)だからな」

　……あの……みんな、私にわかるように話してくれると、うれしいです……。

なんだかとっても置いてきぼり感が否めなくて、寂しくなった。

私の理解力がないだけ……？　な、なんの話をしているの……？

聞き返そうと思ったけど、舜先輩がこれ以上話すことはないと言わんばかりに背を向けて、生徒会室のほうへと歩き出した。

南くんに、「由姫行くよ～」と言われて、慌てて「はい！」と返事をする。

「あ、あの、みんな送ってくれてありがとう！　私、行くね！　また明日……！」

「由姫、変なことされたらすぐ逃げてね」

「俺たちに連絡くれたら助けに来るから」

へ、変なことってなんだろう？

弥生くんと華生くんの言葉を理解できなくて困っていると、後ろにいる滝先輩がため息をついた。

「まるで俺たちは悪役だな」

「ははっ、たしかに」

滝先輩の言葉に、海くんだけは笑っている。

「気をつけてな」

心配そうに私を見つめてくる拓ちゃんは、そう言って、頭を撫でてきた。

気をつけてって……生徒会に行くだけだけど……？

「う、うん？」

つい、返事も疑問形になってしまう。

「バイバイ由姫」

笑顔の海くんにも挨拶をして、歩いていった舜先輩を追いかけるようにみんなと別れた。

わからないことだらけだけど……いったん場が収まったことに、ほっと胸を撫でおろす。

これからはあんまり……２－Ｓのみんなと生徒会の人たちを会わせないようにしようと心に決めた。

緊急事態発生!?

舜先輩、南くん、滝先輩と４人で生徒会室に向かう。

「はぁ……」

歩きながら、南くんが深いため息をひとつこぼした。

「ライバル多すぎ……」

「ん？　何か言ったか南」

「何もないよ～」

滝先輩と南くんの会話を不思議に思いながら聞いていると、舜先輩が突然私のほうを見た。

「クラスの奴らにも愛されてるみたいだな」

「愛され……？　みんな、仲良くしてくれます！」

４人とも、私と仲良くしてくれる大好きな友達。

「……そうか。由姫は鈍感だったな」

……ん？　鈍感……？

またよくわからないことを言った舜先輩に、もう気にしないことにした。

生徒会室につくと、すでに蓮さんが中にいた。

昨日ぶりの蓮さんに、会った瞬間ドキッとしてしまう。

昨日、告白されて逃げるように帰ってしまったから……正直、少し気まずい。

蓮さんも、怒ってないかな……？

そう心配したけど、杞憂(きゆう)に終わった。

「由姫、お疲れ」
　私を見るなり、いつもの優しい笑みを浮かべて歩み寄ってきてくれた蓮さん。
　その笑顔に、またドキッと胸が高鳴ってしまう。
「お、お疲れ様です、蓮さん……」
「昨日はよく眠れたか？」
「は、はい」
「そうか」
「よかった」と言って、頭を撫でてくれる。
　う……なんだか、蓮さんが甘すぎる……。
　優しいのはいつものことだけど、告白されたから、どうしても意識せずにはいられなかった。
「蓮が一番乗りなんて、嵐（あらし）でも来るんじゃないか？」
「……」
「無視をするな……」
　舜先輩の声が聞こえていないかのようにスルーして、給湯室のほうへ歩いていった蓮さん。
　わ、私も、仕事をしよう……！
　そう思って、自分の席につく。
「そういえば由姫、昨日はすまなかったな。いつの間にか寝てしまっていた」
　昨日のことを謝ってきた滝先輩に、微笑（ほほえ）みを返す。
「ふふっ、いえ。昨日はありがとうございました」
　とっても楽しかったから、みなさんにお礼を言う。
　久しぶりに、fatalのみんなのことを忘れて心から笑えた気がする。

　お肉もたくさん食べさせてもらったおかげで、とっても元気が出た。

「よく眠れましたか？」

　蓮さんの家で雑魚寝(ざこね)状態だったけど、ちゃんと眠れただろうか？

「ああ、ぐっすりだ。おかげで全員遅刻ギリギリだった」

　えっ……！

「僕、目覚ましがないと起きれないんだも～ん」

　後ろにいた南くんが、そう言ってぺろりと舌を出した。

　ま、まあ、遅刻は免(まぬが)れたみたいで、よかったっ……。

「由姫」

　こつんと、マグカップを机に置く音とともに私の名前を呼んだ蓮さん。

　あ、ココアだ……！

「あ、ありがとうございます！」

「菓子もあるからな、好きに食べていいぞ」

　蓮さんはそう言いながら、自分の席に戻っていく。

　あ、甘やかされてる……。

　いつもしてもらってばかりで申し訳ないな……と思いながら、ありがたくココアを一口いただく。

　おいしい……。

　ミルクたっぷりの甘いココアに、ほっと一息ついた。

「仕事について報告だ」

　舜先輩が全体に向けて声を上げて、慌てて緩んだ気を引きしめる。

「昼休みに、やることを一気に押しつけられたから長丁場(ながちょうば)になるぞ」

これから忙しくなるのかな……よし、頑張(がんば)ろう。

指示を受け、自分の分の作業を整理して仕事に取りかかった。

舜先輩が言ったとおり、なかなか骨が折れそうな仕事量だった。

なんとか今日終わらせなければいけない仕事が片づいた時には、もう7時を過ぎていて、片づけや整理をしているともう8時前になっていた。

生徒会室の戸締りをして、みんなで寮に帰る。

自分の部屋に着き、ソファに寝転ぶ。

「はぁ……疲れたぁ……」

すっごく眠たい……。

軽くごはんを食べてお風呂に入って、もう寝ちゃおう。

メガネを外してカラコンとウイッグを外すと、それだけですっきりした。

卒業するまでずっとこの変装を続けるのかと思うと、大変だ……。

ウイッグはつけ心地が窮屈(きゅうくつ)だし、カラコンも夜になると目が乾いてごろごろする。

せめてカラコンは取っちゃダメかなぁ……。

そんなことを思いながら、作り置きしていたごはんを食べ、お風呂に入った。

お風呂から出てから、お母さんたちにお休みの連絡をしようと思った時、スマホの電源を切りっぱなしだったことを思い出す。

春ちゃんからまた、連絡来てるかな……。

そう思うと少しためらったけど、このまま切りっぱなしで放置するわけにもいかず、電源を入れた。

「っ、嘘……」

画面がついてすぐに飛び込んできた通知の数に、目を見開く。

着信320件、新着メッセージ250件……今朝よりさらに増えてる。

内容は、今朝と同じようなことが書かれていた。

【直接会って話したい】

【サラのところまで行かせて】

【このまま別れるなんて嫌だ】

【俺にはサラしかいないんだ】

少しだけ、この状態を意外だと思っている自分がいる。

浮気をしているってことは、春ちゃんはもう私への気持ちは薄れたんだと思っていたから……ここまで必死に引き止められると、思っていなかったんだ。

なんなら、遠距離の彼女がいなくなって、これからは思う存分遊べるって……喜ばれるくらいを覚悟していたのに……。

ここまで引き留められることに、戸惑いすら感じていた。

『大好きだよ、サラ』

いつも電話の最後にくれていた、愛の言葉を思い出した。

春ちゃんが今までくれていた言葉に嘘はなかったのだとしたら、それはもちろんうれしい。

でも……もう決めたことだから。

私は、そっとスマホを閉じた。

そして、息をひとつ吐く。

あっ、そういえば洗濯物を干しっぱなしだっ……。

いけないいけない……と思い、ベランダに出る。

その時、だった。

「きゃっ……！」

電気の明かりに寄せられてか、蛾(が)が飛んできた。

虫が大の苦手な私。恐怖で体が動かず、蛾をじっと見つめたまま固まる。

そして……。

「っ、きゃぁーー!!」

なんと、その蛾が窓から部屋に入っていった。

恐怖のあまり、その場から動けなくなる。

ど、どうしよう……部屋に虫がっ……む、虫が……。

部屋に入れず、放心状態のまま立ち尽くす。

──ドンドン!!

……え？

玄関から、ドアを叩(たた)く音が聞こえた。

「由姫！　何かあったのか？」

……蓮、さんっ……。

どうしよう……部屋の中に蛾がいるから……は、入りたくないっ……。

でも……このままでいるわけにも……。

ど、どうすればいいのっ……。

「大丈夫か由姫!?」

……っ。

蓮さんの声に、ぎゅっと手を握りしめる。

大丈夫……。

怖くない、怖くないっ……。

玄関を開けたら、蓮さんがいるっ……。

そう思ったら、不思議と手の震えが少し治った。

……れ、蓮さんのところまで、走ろうっ……。

蛾が壁に止まっていることを確認して、私は意を決して部屋に入った。

そして、玄関へとダッシュする。

——ガチャッ。

扉を開けると、蓮さんの姿が。

「蓮さん……！」

虫への恐怖心でどうにかなりそうだった私は、一心不乱(いっしんふらん)に抱きついた。

「……ゆ、き？」

なぜか蓮さんが、ひどく困惑した声で私の名前を呼ぶ。

でも今はその理由も考えつかないくらい動揺していて、目の前の体にしがみついた。

「む、虫がっ……た、助けてっ……」

人はパニックに陥ると、何も考えられなくなる生き物なのだと思う。

私は今、自分が“本来の姿”であることも忘れて、蓮さんに助けを求めた。

素顔

【side 蓮】

生徒会が終わって、寮に戻る。

今日の由姫、いつもと様子が違ったな……。

昨日の告白のせいだと思うと、少し悪いことをした気分になる。

けど……意識されているのかと思うと、いい傾向だと口元が緩んだ。

今までは、『過保護な先輩』くらいにしか思われていなかったはずだ。

これからは……ちゃんと男として、意識してもらいたい。

いや、俺が意識させねーと。

由姫の鈍感さは筋金(すじがね)入りだから、はっきりと言葉にしないと伝わらないだろう。

にしても……。

さっき、舜に言われた言葉を思い出した。

『お前宛てに伝言だ』

『……あ？』

『「由姫に手を出すな」……だと』

『……誰からだ？』

『由姫と同じクラスの生徒だ。氷高拓真。聞いたことくらいあるだろ？　それと、fatalの双子も』

『知らねーよ』

『まあ、ライバルは多いってことだな。うかうかしていると取られるぞ』

　ふっと、まるで楽しんでいるかのように微笑む舜の顔が脳裏(のうり)をよぎって舌打ちをした。

　あいつだって、"サラ" とやらを南たちと取り合っている。同じ穴のムジナだ。

　ただまあ……その伝言を頼んだ奴らというのは厄介(やっかい)な存在だな。

　しかも、そいつら３人は由姫と親しいらしい。そいつらと由姫、そして新堂の５人でいつも、つるんでいるとか。

　身近に敵がいると知った以上、油断はしていられない。もとより、していないけど。

　けど、今はこれ以上、由姫の気持ちを無視するわけにはいかないからな……。

　恋人とやらと別れるまでは、まだ由姫も新しい恋愛に踏(ふ)みきるつもりはないんだろう。

　そいつと別れた時は……もう容赦(ようしゃ)しないけど。

　風呂に入って、適当にメシを済ませた。

　父親から渡された大量の啓発(けいはつ)本や研究教材に目を通して、暇を潰(つぶ)す。

　その時、本当に小さなものだったが、悲鳴のような声が聞こえた。

「っ、きゃぁーー!!」

　……由姫？

　防音設備完備のため、日常会話や多少の音は聞こえない。

つまり……由姫がそれだけ大きな悲鳴を上げたということだ。

急いで自分の部屋を出て、由姫の部屋の扉を叩く。

「由姫！　何かあったのか？」

……っ、返事がない……。

さすがに勝手に開けるわけにはいかないし、まず鍵(かぎ)がかかっているから入ろうと思っても入れない。

「大丈夫か由姫!?」

何かあったに違いない……っ。

まさか、不審者……？

セキュリティがいくら備わっているとはいえ、万が一がある。

無理やりにでもドアを壊して開けてしまおうかと思った時、玄関の扉が勢いよく開いた。

——現れたのは、桃色(ももいろ)のキレイな髪をなびかせた……見知らぬ女。

出てくるなり、俺に飛びついてきたそいつ。とっさに受け止めたが、俺の脳内では混乱が起きていた。

……誰だ？

「蓮さん……！」

……っ!?

「……ゆ、き？」

俺の名前を呼ぶ声が、紛れもなく由姫のものだった。

……待て、どういうことだ……？　こいつ……由姫？

「む、虫がっ……た、助けてっ……」

怯(おび)えた声を出しながら、しがみついてくる由姫。

目の前の人物への困惑と、由姫に抱きつかれているというふたつの出来事に、俺の脳内はますます混乱状態に陥った。

「虫？　……ちょっと待て、誰だ？」

「誰……？　な、何を言ってるんですか？」

疑問を呈(てい)した俺に、驚いたリアクションをしたそいつ。

いや、だって……あまりにも違いすぎる。

髪の色も、目の色も……ていうか、メガネもしてねーし……。

「お前は……由姫、なのか……？」

「ゆ、由姫ですよ！　白咲由姫……！　蓮さん、わ、私のこと忘れちゃったんですか……？」

どうやら、本当に由姫らしい。

俺の反応にショックを受けたのか、うるうるとした目で見つめられた。

……っ、勘弁(かんべん)してくれ。もう意味がわからない。

「……その格好は？」

「……へっ」

俺の質問に、状況をようやく理解したのか、由姫の顔が青ざめた。

「あ……え、っと……」

俺の知っている由姫の姿と、今の自分の姿が異なることに自覚はあるらしい。

わかりやすく動揺している由姫。

「ちゃ、ちゃんと説明するので、あの……虫が……」

とにかく虫が怖いらしい由姫は、そう言って再び俺にしがみついてきた。

「家に虫が出たから叫んでたのか？」

「は、はい……！　窓を開けたら、蛾が入ってきてっ……」

さっきの悲鳴はそれか……にしても、蛾が入ってきたくらいでそんなにビビるなんて、よっぽど虫が苦手なんだな。

とにかく、由姫に何もなくてよかった。

不審者でも入ったんじゃないかと心配していたから、全ては虫の仕業とわかって安堵した。

いったん、かわいそうだと思いながらも由姫を部屋に入れる。

こんなところで話して、舜あたりが来たら困る。

由姫の秘密を……俺以外に知られたくない。

「……ん。ここで待ってろ」

由姫を玄関に置いて、俺は部屋に入った。

ベランダって言ってたから、リビングか……。

リビングに入ると、まず目に入ったのは机の上にキレイに並べられていたメガネとウイッグ。

……黒髪はウイッグだったのか。どうりで髪質が硬くて作り物みたいだと思った。

まさか本当に作り物だったとはな……。

さっき触れた由姫の髪は……驚くほど柔らかかった。

どうしてこんなもんをつけていたのかはわからないが、話してくれると言っていたからあとで聞くことにしよう。

今は虫を追い出すのが最優先だ。
……たぶんこの蛾だな。
すぐに壁に止まっていた蛾を見つけ、掴んでベランダから外へ逃がした。
遠くへ飛んで行ったのを確認し、玄関にいる由姫を呼ぶ。
「由姫、外に出したぞ」
恐る恐る、リビングへ歩いてきた由姫。
「あ、ありがとうございますっ……」
俺の前まで歩み寄ってきた由姫は、ほっと胸を撫で下ろした。
目の前の由姫は……見れば見るほど、こっちのほうが作り物かと思うほどキレイな容姿をしている。
これが、由姫の本当の顔、なのか……。
いまだ由姫の状態を完全に理解できていない俺は、間髪入れずに問いかけた。
「……で？　これはどういうことなんだ？」
俺は、机に置かれたメガネとウイッグを指さす。
「えっと……」
言いにくそうに何度も口を開いては閉じを繰り返しながらも、意を決した様子で俺を見た由姫。
「えっと……じつは、変装を……」
由姫は、恐る恐る話し始めた。
「この学園に編入する時に、父からの条件だったんです。危ないから変装することって……」
「今の姿が本来の姿ってことか？」

「はい……」

……まあ、なんとなく話の経緯(いきさつ)はわかった。

俺は、別に容姿なんてこだわらないし、変装をしていた由姫だって文句なしにかわいかった。

由姫への気持ちが変わることはまったくないが、これは予想外すぎる。

じっと、申し訳なさそうにしている由姫を見つめた。

キレイな艶(つや)のある桃色の髪、透き通るような水色の大きな瞳(ひとみ)。長いまつ毛に、メガネで目立たなかった白い肌が際立っている。

誰がどう見ても、絶世の美人だと声を揃えて言うだろう容姿。

「別に変装なんてしなくても大丈夫だって言ったんですけど、私のお父さん過保護で……」

「いや、由姫の父親は正しい」

「……え？」

たしかに、こんな実質の不良校に、かわいい娘を入れるのは憚(はばか)られただろう。

しかもこの容姿。これがバレたら、とんでもないことになる。

男は全員、由姫を放っておかなくなるだろう。

……ちっ。

これ以上……というか、由姫を好きな奴が増えるのはごめんだ。しかも見た目で惚(ほ)れるような輩(やから)がいたら、ぶっ殺したくなるだろう。

「この姿、まだ誰にもバレてないのか？」

「えっと……はい。幼なじみ以外は……」

　正直腹立たしいけど、幼なじみは仕方ないか。

「……絶対にバレないようにな」

「……？」

　首をかしげる由姫の姿に、頭が痛くなった。

　まさか……自覚がないのか？

　由姫の容姿は、間違いなく俺が今まで見てきた中で、一番と断言していいほどキレイだ。

　それなのに、本人に自覚がないとか、いったいどうなってるんだ……。

　もちろんそんなところも愛(いと)おしいが、さすがに無防備すぎて俺の過保護にも拍車がかかりそう。

「あ、あの……」

　俺がひとりそんなことを考えていると、由姫が不安げに見つめてきた。

「どうした？」

「ちょっと、こ、怖くて……もう少しだけ、一緒にいてもらえませんか……？」

　無意識か、そう言いながら俺の服をちょこんとつまんだ由姫。

　あまりのかわいさに、心臓が大きく高鳴った。

　本当に、無防備すぎる。

「虫ならもういないぞ？」

「さ、さっきまで虫がいたと思ったら、この部屋にいるのがなんだか怖くって……」

　眉の両端を下げながら、まるで捨てられた子犬のような目で見つめてくる由姫。

　身長差のせいで必然的に上目づかいになっていて、俺は理性を試されているのかと思った。

　かわいすぎるだろ……。

「そんなに苦手なのか？」

「は、はい……虫と雷（かみなり）は本当にダメで……」

　雷も？　……ダメだ、かわいい。

　由姫のすることや言うことがいちいちかわいくて、頭がバカになったみたいに同じ言葉しか出てこない。

　にしても、かわいそうだな……。

　怯えている姿を見て、どうしたものかと考える。

「俺の部屋で寝るか？」

　俺がソファで寝れば済む話だ。風邪の時も泊まっていたし……そうするのが一番いいだろう。

　このまま部屋にいるのは怖いだろうし。

「えっ……」

　俺の提案に、由姫が目を見開いた。

「い、いいんですか？」

「ああ。今日はこの部屋じゃ眠れないだろ？　行くか？」

「は、はいっ……！　ありがとうございます、蓮さん……」

　安心したように、ふにゃっと力の抜けた笑顔を浮かべた由姫。

　その笑顔に、心臓を鷲掴（わしづか）みされたような衝撃が走った。

今まではメガネがあったから、笑顔がちゃんと見えなかった。

初めてはっきりと見た由姫の笑顔は……本気で天使か何かの類(たぐい)かと思うほど愛らしかった。

……自分の思考が寒すぎるが、この表現が一番正しい。

かわいすぎる……なんだこの生き物。

笑顔ひとつでこんな……いつか死人が出るぞ。

真剣に、そう思った。

「……行くか」

「はいっ」

笑顔で頷いた由姫。また胸が締めつけられた。

いちいちこんなことになっていては、この先、心臓が持たないな……。

俺の部屋に来る支度を終えたらしい由姫に、机にあるものを指さす。

「その変装道具はいらないのか？」

「もうバレてしまったので、蓮さんの前では変装する必要はありません！」

まるで特別と言われている気がして、優越感が湧(わ)き上がった。

こんなしょうもない感情が自分にあるなんて、少し自分自身に落胆(らくたん)する。

「あ……でも、念のために持っていきます……！」

由姫の言葉に、そうしてくれと心の中で呟(つぶや)く。

もし舜や生徒会の奴らが急に家に来ることがあれば困る

から。

　万が一のためにも、この変装道具とやらは肌身離さず持っていてほしい。

　どうか、俺以外には見つかるな。

　しょうもない独占欲。心が狭いなと思いながらも、どうしてもバレてほしくはなかった。

　上っ面だけしか見ないような奴らに、由姫を奪われてはたまったものではないから。

　俺の部屋に来て、由姫を寝室に案内する。もう何度も来たことがあるから、わかっているだろうけど。

「俺はソファで眠るから、ベッド使って」

　俺の言葉に、由姫が首を横に振った。

「え……だ、ダメです！　そんなことできません!!　私がソファをお借りします……！」

「風邪引くだろ」

　つーか、そんなことできるはずがない。

　由姫をソファで寝かせるくらいなら死ぬ。

「そんなの、蓮さんも同じです……！」

「こういう時は甘えとけ」

　ソファで寝るのなんかどうってことない。

　ていうか、俺はもともと不眠だ。

　由姫がいなければ寝ることもできない男だから、ソファで十分。

　風邪を引くほど柔じゃねーし……ってこの前、看病をされた手前言えないか。

「おやすみ」

半ば押しつけるようにそれだけ言って寝室から出ていこうとした時だった。

きゅっと服の袖(そで)を掴まれた。

「……ん？　どうした？」

振り返ると、由姫がさっきも見た不安げな表情を浮かべている。

「あの、もう少しだけ一緒にいてもらってもいいですか……？」

よほど虫が怖かったのか、由姫の瞳にはまだ怯えがあるように見えた。

軽々と男たちを倒した、あの日の由姫を思い出す。

あんなに強いのに、蛾１匹に怯える姿が、かわいそうだがかわいく見えて仕方なかった。

「一緒に寝るか？」

とっさに、そんな言葉を口に出していた。

言ってから後悔する。

由姫からしたら、好意を向けられている男と一緒に寝るなんて嫌だろう。

それに……自分自身の首を絞(し)めることになるから。

由姫と一緒に寝て……理性を保てる自信がない。

適当に冗談だと笑って誤魔化(ごまか)そうと思ったが、もう手遅れだった。

由姫が……キラキラと目を輝かせて俺を見ていたから。

……なんでこうなったんだ……。

ベッドの上に、由姫と並んで横になっていることに内心困り果てていた。

つーか、由姫も由姫だ。俺のことお兄ちゃんか何かだと思ってるだろ……？

これが俺じゃなかったらと思うだけで、頭をかかえたくなる。

いくらなんでも無防備すぎる……。絶対に他の男の家には泊まるなって、きつく言い聞かせねーと……。

俺のほうに寝返りを打つような体勢になっている由姫を、じっと見つめる。

「おやすみなさい、蓮さん」

にこっと微笑む笑顔はもちろんかわいいが、同時にも心配にもなった。

「なあ、由姫」

「はい？」

「俺が昨日言ったこと覚えてるか？」

念のため……確認した。

まったく男として意識されていないから、気になって。

「……っ」

由姫の顔が、みるみるうちに赤くなる。

どうやら、覚えてはいるらしい。

由姫の反応に満足して、俺は由姫の頭を撫でた。

「覚えてるならいい。おやすみ」

……まあ、由姫が隣にいて眠れるはずがないけど。

好きと自覚する前や、由姫がいる室内では不眠症の俺も安心して眠れるが……今日は状況が状況だ。

好きな女がすぐ隣にいるのに、のんきに眠れるはずない。

由姫は赤い顔を隠したいのか、布団(ふとん)を深くかぶった。

「お、おやすみなさいっ……」

……かわいいな。

もう何をやってもかわいいと、顔がにやけてどうしようもなかった。

「すぅ……すぅ……」

少しして、由姫の規則正しい寝息が聞こえる。

寝息までかわいいと思いながら、寝顔をじっと見つめた。

……寝顔が天使すぎる。

きめ細かい肌に、長いまつ毛が影を作っている。

一生見てられる……と、またバカなことを思った。

由姫と出会ってから、本当にバカになったと思う。

由姫に会う前は、あれだけ色恋に現(うつつ)を抜かす人間を軽蔑(けいべつ)していたのに……ミイラ取りがミイラになるとはまさにこのことだなとため息がこぼれた。

でも、幸せだから構わない。

由姫を見つめながら、ふっと笑みがこぼれた時、布団の中で何かが光っていることに気づいた。

……由姫のスマホ？

ポケットから落ちたのか、ずっと光っている画面。

勝手に見るのはダメだと思いつつ、せめて画面を落とそうと思い手を伸ばす。

……ん？

画面に映った文字が、見えてしまった。そこには、【春ちゃん】という名前が。

誰だ……？　友達？

電話がやみ、今度は通知数を知らせる画面に変わる。

……っ。

俺はその数に、目を疑った。

着信134件……？

驚いていると、また着信を知らせる画面に変わる。

映し出されたのはまた、【春ちゃん】の文字。

友達……ってわけじゃ、なさそうだな。

ただの友達が、こんなストーカーみたいに電話をかけてくるはずがない。

――嫌な予感がした。

ダメだとわかっているが、そっとスマホを取り電話を受ける。

スマホごしに聞こえたのは――男の声だった。

《っ、もしもし？　やっと出てくれた……》

すぐに察する。こいつ……浮気男か。

スマホを握る手に力が入り、慌てて緩めた。

由姫のスマホを壊すわけにはいかない。

《あの、急に別れるって、せめて理由を教えてほしい》

無言を貫いているのに、勝手にベラベラと喋り出す男。

俺はそいつの言葉に驚いた。

別れる……？

由姫、別れを切り出したのか……。

こんな時なのに、安心してしまった。

……で、この男は別れを切り出された理由もわかってねーってことか？

焦(あせ)っている声や、この着信件数を見る限り、未練タラタラなのは丸わかりだ。

けどもう、お前は用なし。これからは俺が、由姫を守るから。

《何かしたなら謝るし、嫌なところは直すから——》

「由姫はもう俺の女だ。お前は一生、由姫に近づくな」

それだけ言って、返事を聞かずに電話を切った。

……もう、こんな浮気男に由姫を傷つけさせはしない。

厄介そうな相手だが、何も心配はいらない。

由姫には安らぎだけを与えてやりたい。

何も心配せず、ずっと笑っていてほしい。

そのためには、もっと頼ってもらえるような男にならないと。

この浮気野郎の素性(すじょう)さえわかれば近づけさせないようにできるのに……まあ、それらしき男を見つけ出して由姫には近づけないようにしよう。

もう由姫は……誰の恋人でもない。遠慮する理由もなくなった。

俺はもうタガが外れたから……今からは、本気で由姫を落としに行くからな。

由姫の寝顔を見ながら、そう心の中で呟いた。

画面を暗くし、スマホを伏せておく。

その時、由姫が身をよじった。

「……蓮、さん？」

「悪い、起こしたか？」

ゆっくりと開いた目。まだ眠いのか、とろんと目尻が垂れ下がっている。

……かわいい。

「由姫、ずっとスマホ光ってるぞ」

「ん……」

「彼氏からだろ？　着信拒否にしたほうがいい」

そう忠告したけど、由姫はまどろみの中にいるのか、ぼうっとしている。

うー……と小さく声を出しながら、俺の腕に抱きついてきた。

「れん、さん……」

「……っ」

幸せそうに目を閉じ、再び眠ってしまった由姫。

はぁ……。

「生殺しにもほどがあるだろ……」

寝顔は天使だが、とんだ小悪魔だ。

俺は右側に熱を感じながら、邪念(じゃねん)を払うため目をつぶって必死に他のことを考えた。

結局その日は眠れぬ夜を過ごしたけど、由姫はぐっすり眠れたみたいだから問題ない。

予期せぬ訪問者

「んん……」

目が覚めて、真っ先に私の視界に映ったのは蓮さんの顔だった。

じっと私の顔を見ていたのか、バチリと目が合う。

「……へっ」

私は驚きのあまり、間抜けな声が出た。

なんだか、デジャブだ……。

前もこんなことがあった気がするっ……。

蓮さん、どうしていつも私の寝顔見てるんだろう……寝顔なんて絶対に不細工なのにっ……！

それに、目覚めてすぐに蓮さんの顔があるなんて、心臓に悪すぎるっ……。

「おはよ。よく眠れたか？」

相変わらず、朝日にも負けない爽(さわ)やかスマイルに目を細める。

ま、眩しいっ……。

「お、おは、おはようございますっ……」

というか……わ、私、蓮さんに抱きついてたっ……!?

慌てて手を離し、熱くなっている顔を冷ますようにパタパタと扇(あお)ぐ。

それにしても……昨日は無理を言ってしまって、蓮さんには悪いことしちゃった……。

虫のことで頭がいっぱいだったけど、自分のことを好きだと言ってくれた人に一緒に寝てもらうなんて、きっとすごくひどいことをした……。

それなのに蓮さんは、少しも嫌な顔をせず受け入れてくれた。

蓮さんが優しいことは百も承知だけど、それにしても優しすぎる……。

「あ、あの、蓮さんは眠れましたか？」

「ああ」

私の質問に、蓮さんはまた眩しい笑顔を作った。

「そ、そうですか」

ちょ、直視できない……。

蓮さんに、ちゃんとお礼言わなきゃっ……。

「昨日は、ありがとうございましたっ……」

お礼を言うと、蓮さんはまた微笑み、頭を撫でてくれる。

「どういたしまして。もう起きるか？」

「は、はい」

時計を見ると、朝の７時。いつもよりたくさん寝てしまったみたい。

……そうだ。お礼にもならないかもしれないけど、朝ごはんを作ろう。

「あの、よかったら朝ごはん食べに来てください……！」

私の言葉に、なぜか心配そうに見つめられた。

「もう平気なのか？」

……え？　あっ、虫のことか。

たしかに、怖くないと言えば嘘になるけど、１日たったら恐怖心は随分薄れた。入るくらい、さすがにもう平気だ。

「はいっ」

笑顔を返すと、蓮さんも安心したように笑ってくれた。

――ピンポーン。

あれ？

こんな時間にお客さん……？

インターホンが鳴って、驚いて蓮さんのほうを見る。

蓮さんも、不思議そうにしていた。

「舜か……？　由姫、一応変装して」

「は、はい！」

蓮さんに言われたとおり、念のため持ってきていた変装道具をつけた。

「……あ？　お前……」

インターホンに出た蓮さんの様子が気になって、カメラを覗き込む。

そこに映っていた人物に、私は目を見開いた。

「……え？」

どう、して……？

――春ちゃんが、ここにいるの……？

西園寺蓮

【side 春季】

《——私たち、別れよう》

「……え？」

　サラの言葉は、俺をどん底まで突き落とした。

　別れる……？

　サラと、俺が……？

「どうして……？」

　そんなの……ありえない……。

　サラがいない、生活なんて……。

　——そんなの、生きてる意味がない……。

「急に、そんなこと……俺、何かした？」

《……》

　サラは、何も答えてくれない。

　焦りは増していく一方で、俺はすがりつくように電話ごしに頼んだ。

「サラ、待って、話し合おう……！　何かあったの？」

　原因がわからない限り、どう引き止めていいのかわからない。

　心当たりならありすぎる。でも、それをサラが知っている可能性は限りなくゼロに等しい。

　だったら……どうして？

　まさか、好きな人ができた、とか……？

《お願い。別れよう春ちゃん》

サラの声から、固い決意がうかがえた。

完全に、俺と別れる気だ。

サラのこの声を俺は知っている。

絶対に……譲る気がない時に出す、真剣な声色。

嫌だ。ありえない。サラが俺の世界からいなくなるなんて……。

「……っ。嫌だ、絶対に別れな――」

《私もう、春ちゃんのこと好きでいられない》

……っ。

それは、俺にとって死刑宣告をされたも同然だった。

《……さよなら春ちゃん》

嫌だサラ。待って。お願いだから、俺なんでもするから、捨てないで……っ。

「待ってサラ、話をしよう。お願い、由姫――」

――プツッ。

電話は、そんなあっけない音を立てて切れた。

あ……。

「嘘、だろ……」

サラに振られたという事実もそうだが、こんなあっけない終わり方は……。

納得できるわけもなく、俺はもう一度電話をかけた。

……繋(つな)がらない。

「……サラ、お願いだから出てっ……」

手は恐怖で震えていて、声も追い詰められた端役(はやく)のように情けないものだった。

何度かけても繋がらない電話。

俺は朝になるまで、延々と繋がらない電話をかけ続けた。

気づけば日が昇っていた。

俺は繰り返し電話をかけ、そしてメッセージを送り続けていた。

応答はない。返事もない。

サラからの、とてつもない拒絶を感じた。

やっぱり……俺の愚行(ぐこう)がバレたのか……？

いったい、誰が漏らした……ッ。

怒りが込み上げたが、今はそんなことよりもサラと連絡を取らないと。話さないと。

もし、サラが単純に俺への愛想を尽かせたとかだったらどうすればいいんだろう。

サラを引き止める術だけを、必死になって考える。

……他に好きな相手ができた、とかだったら……？

もしそうだったら……相手を消すしかない。

もう３桁(けた)はとうに超えるほど、電話をかけたしメッセージも送った。

「……っ、サラ……」

俺はその場にしゃがみ込み、何度もサラの名前を呼んだ。

俺……嫌だ、別れたくない。

サラだけが好きなのに、サラだけでいいのに……どうして……。

その日は一歩も外に出ず、ひたすらサラに連絡を取り続けた。

夜になっても、サラとの連絡は繋がらなかった。

ただ、ずっと、電源が入っていないが、いつからかコール音が鳴るから、電源を入れたんだろう。

もしかしたら出てくれるかもしれない。

その一心で、何度も何度も電話をした。

とにかく、話したい。言い訳……になるけど、俺の気持ちをちゃんと聞いてほしい。

こんなにも俺の世界はサラだけってこと……わかってほしい。

プルルル、プルルル。

もう、この音は聞き飽きた。

プルルル、プル――プツッ。

……え？

通話中に変わった画面。

サラ……っ。

俺は出てくれた事実に歓喜し、早口に話を始めた。

「っ、もしもし？　やっと出てくれた……。あの、急に別れるって、せめて理由を教えてほしい。何かしたなら謝るし、嫌なところは直すから――」

《由姫はもう俺の女だ。お前は一生、由姫に近づくな》

――は？

プツッとあっけない音を立て、切れた通話。

男……？

待てよ……サラが今、男といるって、こと……？

こんな時間に……？

全身が、真っ黒い感情で満たされていくのがわかった。

やっぱり、別れようって言ったのは……好きな男ができたからなのか……？

俺はこんなに会いたくても、会えないのに……サラの隣にいるのは、どこのどいつだ。

俺の女だとかほざきやがって……黙れ！　サラは、俺のだ……っ。

顔も名前もわからない相手に、言葉にできないほどの怒りが込み上げた。

……いや、待て。

今の声……聞き覚えがある。

あの威嚇(いかく)するような低い声。あれはたしか……。

俺の中に、ひとりの男が浮かんだ。

……西園寺、蓮……？

一度そう確信すると、もう西園寺の声だとしか思えなくなった。

聞き間違い……いや、あんなおぞましい声、聞き間違えるはずがない。

どうしてサラが西園寺と一緒にいるんだ……っ。

まさか、そこが繋がっているなら——サラが俺の愚行を知っていることも、納得がいく。

俺はすぐに部屋を飛び出して、隣の鳳冬夜(おおとりとうや)の部屋に向かった。

扉を叩くと、玄関の扉が開いた。

「何……？　どんだけ叩くんだよ、インターホン鳴らせばいいのに……」

風呂上がりなのか、濡れた髪のまま迷惑そうな表情で出てきた冬夜。

「おい冬夜、西園寺蓮について調べろ」

「……え？　急に何？　とりあえず入って……」

部屋に上がり込み、リビングに入ってパソコンを探した。

「急げ」

見つけたパソコンを指さしてから言うと、呆れた様子でため息をつかれた。

「西園寺について？　また急にどうして？」

何、のんきな顔してんだ。

お前にも関係があることなんだぞ。

「あいつとサラに関わりがあるかもしれない」

お前だって……サラが大事だろ？

「……っ」

冬夜の表情が一変した。

正直、誰かに言うのは憚られたが、冬夜なら無害だろう。

難波夏目——夏目や千里秋人——秋人に言えばどういうことだとしつこく詰め寄られるに違いないが……こいつは、俺が答えないとわかっていることは聞いてこない。

「……それ、どこからの情報？」

……はずが、今日は珍しくしょうもない質問をしてきた。

たぶん、サラの名前に動揺したんだろう。

「いいから調べろ」

「……」

　冬夜は返事はしなかったが、パソコンをいじり始めた。

　本当はプロのハッカーにでも依頼するべきだろうが、今は緊急性を伴う。校内のことなら冬夜が一番詳しいはずだ。

　数時間、ひたすらパソコンと向き合っていた冬夜。

　その手が止まり、俺は期待に顔を上げたが、冬夜の表情を見てひどく落胆した。

「サラとの接点は何ひとつ見つからないというか……西園寺蓮は女嫌いだから、女との接点はないよ」

　……ちっ。無駄か……。

「ただ、ひとりだけ……」

　何か言いかけた冬夜を、じっと見る。

「この前来た編入生。彼女は西園寺のお気に入りらしい。これは有名な情報だけど」

　……編入生？　ああ、あの意味わかんねーメガネ女か。

「そんな女どうでもいい……サラとのことを調べろ!!」

　近くに置かれていたガラスの花瓶(かびん)を蹴(け)り飛ばした。

　床に落ち、あっけなく壊れたそれ。

　冬夜は少しも顔色を変えることなく、口を開いた。

「接点はない。それが答えだ」

「……っ」

　くそっ……！

　ないはずねーんだよ……あいつ、サラの電話に出たんだ。

　それはつまり……あいつがサラと一緒にいるってこと以

外にないだろ……!!

「西園寺の寮はどこだ」

「生徒会専用寮だけど……さすがにあそこには入れないよ。いや、入れなくはないけど、入ってもバレてすぐ追い出される」

「あいつさえ確認できりゃなんでもいい。何号室だ？」

もともと乗り込むつもりだったから、この際、部屋の場所さえわかりゃいい。

「やめろ。nobleと問題を起こすのは禁止だって何度も言っただろ」

「うるせぇ、何号室だって聞いてんだろ。お前は言われたことにだけ答えろ」

「この前言ったこと、何もわかってないんだな。お前は総長の自覚を——」

「黙れ」

淡々と話す冬夜の首を掴んだ。

絞めるように力を込める。……が、こいつは少しも顔色を変えない。

「本気でサラと関係があるって言ってるのか？」

……そうか。

こいつは正義感お高めな、なんちゃってヒーロー野郎だ。

ただ、こいつでさえ手段を選ばない場合がある。

「そうだ。サラが……」

「……」

「危ないかもしれない」

そういえば、ずっと一定だった冬夜の顔色がようやく変わった。

「……最上階。701号室」

やっと吐いたか……。

こいつにとって、肝心要（かんじんかなめ）の点はサラ。

俺は返事はせず、部屋を飛び出した。

俺がいなくなった部屋で……。

「はぁ……あいつ、卑怯（ひきょう）すぎ……。東に連絡しよう……」

冬夜が、そんな言葉を吐いていたことも知らずに。

セキュリティが頑丈（がんじょう）なんじゃなかったのか？

あっけなく寮に入ることができ、肩透かしを食らう。

まあ、入れさえすればいい……。

途中見つかって止められでもしたら面倒だから、人目を避けて進んでいく。

エレベーターに乗り、最上階まで上がった。

701……ここだ。

サラ……ここにいるのか？

真実を知ることに、怖さすらある。

もしサラが俺以外を好きになって、俺以外の男と一緒にいることが事実だとすれば……サラの心が完全に俺から離れてしまったのかもしれないと思うだけで、恐ろしくてたまらない。

でも……サラが他の奴に盗られることに比べれば、他のことはどうでもよかった。

そのままドアを突き破ってもよかったが、中にサラがいるかもしれない以上、そんな乱暴なことはできない。

今から俺は……サラの前だけで見せる、優しい“春ちゃん”だ。

西園寺蓮……もしお前がサラに関わっているのだとしたら……。

──No.1だろうとなんだろうと、ぶっ殺す。

俺はそっと、インターホンを押した。

出てきたのは、不機嫌そうに眉間にシワを寄せた西園寺。

「……なんの用だ？」

偉そうな態度に腹が立ったが、もしサラが聞いていたら困る。

「……昨日の夜はどこにいた？」

俺はできるだけ高い声、優しい物言いで聞いた。まあ、西園寺相手だから限度があるが。

「ここにいた。fatalの頭が俺になんの用だ？」

「……家には誰かいる？」

「……いねーよ。つーかお前なんだその話し方。気持ち悪りぃ」

ああくそ、そんなの俺だってわかってるに決まってんだろ。

もうだるい。こいつに媚（こび）を売るみたいな……あっ。

玄関に、ひとつだけ小さな靴があった。

明らかに西園寺のものではない“それ”。

──間違いない。

サラは……ここにいる。

「っ、おい!!」

　西園寺の隙(すき)をついて、家に上がり込んだ。走って、リビングを目指す。

　パッと視界に入ったリビングには誰の姿もなかったため、すぐ隣にあった寝室の扉を開けた。

　そこにいたのは……。

「……っ」

　俺を見て、顔を真っ青にした——地味女の姿だった。

☆
☆
☆
☆

ROUND＊10
本当の再会

No. 1 とNo. 2

どうして……春ちゃんが、ここにいるの？

頭の中が真っ白になって、同時にゾッとした。

なんで……バレたん、だろう……っ。

「……由姫、厄介なのが来たからちょっと隠れてろ」

蓮さんは私の頭をぽんっと叩いて、玄関のほうへ歩いていってしまった。

言われたとおり寝室に隠れ、聞き耳を立てる。

どうして……どうして、春ちゃんは私の居場所がわかったの？

どこまで……わかってるんだろう。

ガチャリと、玄関の扉が開く音がした。

「……なんの用だ？」

蓮さんの声に、ごくりと喉（のど）が鳴った。

「……昨日の夜はどこにいた？」

あれ……春ちゃんの声、優しい……。

まるで、私の前の……電話の春ちゃん。

「ここにいた。fatalの頭が俺になんの用だ？」

「……家には誰かいる？」

「……いねーよ。つーかお前なんだその話し方。気持ち悪りぃ」

蓮さんの言い方からするに、ふたりはたぶん面識はあるんだろう。

　って、当然か。きっと同じクラスだろうし。
　そんな、どうでもいいことを思った時だった。
「っ、おい!!」
　蓮さんの焦った声と、足音が響いた。
　段々と大きくなっていく足音に、体が強張る。まずい、こっちに来てる……！
　慌ててベッドの下に隠れようとしたけど、遅かった。
　勢いよく、部屋の扉が開く。
　その先にいたのは……ひどく焦った表情の、春ちゃんだった。
「……っ」
　私を視界に映した春ちゃんの表情が、なんとも言えないものに変わる。
　がっかりしたような、けれども安心したような、そんな複雑な表情。
「昨日のは、お前じゃなかったのか……」
　ぼそりと、春ちゃんが何か言った気がした。
　後ろで春ちゃんの首を掴んでいる蓮さんが、おぞましいくらいの低い声で言う。
「おい、いい加減にしろよ。これは宣戦布告（せんせんふこく）か何かか？」
　怒り心頭（しんとう）の蓮さんとは裏腹に、春ちゃんはまるで戦意喪失（せんいそうしつ）したように肩を落とした。
「……もう、用はない」
「あ？」
　無言のまま、引き返していく春ちゃん。

蓮さんは意味がわからないと言いたげな顔をしていたけど、私は心底ほっとした。

バレたわけでは、なかったんだ。よかった……。

でも、何が目的で来たんだろう？

“サラ”と蓮さんに繋がりがあることがバレたなと思ったけど、そうでもないみたいだし……。

結局、そのあとすぐに家を出ていった春ちゃん。ここまでの経緯は、わからずじまいだ。

「チッ……意味わかんねー男だな」

蓮さんは苛立ったように舌打ちをしたあと、私のほうを見た。

「下の奴が揉めたくせぇな。巻き込んで悪い」

申し訳なさそうに頭を撫でられ、私のほうが罪悪感を覚えた。

いや……まだわからないけど、もしかすると私のせいかもしれない。

だとしたら……蓮さんが謝る必要はひとつもないし、むしろ謝らないといけないのはこっちだ。

蓮さんはまだ、春ちゃんと私が元恋人同士ということを知らないし、私がサラであるということも話していないから……騙しているような気分になった。

いや、気分じゃない。騙してるんだ私は。

黙っているってことは、騙しているも同然。

蓮さんには……ちゃんと言いたい。でも……なんて言えばいいんだろう。

もし話して、『騙してたのか？』って思われたらどうしよう。

蓮さんはそんなことを思う人じゃないだろうけど……それでも、軽蔑されるかもしれない。

蓮さんに軽蔑されることだけは、嫌だった。

「……由姫？　どうした？　怖かったか？」

「あ……い、いえ、何も！」

心配してくれる蓮さんに、胸が痛む。

――ドンドン。

玄関を叩く音が聞こえて、ふたりで一斉にそちらへと視線を向ける。

「おい蓮、出てこい」

舜先輩……？

別に隠れる必要はないかもしれないけど、私が蓮さんの家にいるのは自然なことではないため、とっさに身をひそめた。

蓮さんは面倒くさそうにしながらも、玄関へと向かい扉を開けた。

「今、天王寺が来ただろう？　何か言っていたか？」

寝室から、ふたりの会話を盗み聞きした。

「来たけど、終始意味不明だった。急に部屋に上がり込んだと思ったらすぐに出ていきやがった」

「そうか……」

「つーか、あいつはどうして生徒会寮に入れた？　セキュリティをくぐったのか？」

「いや、事前に来ることはわかっていたからな。セキュリティを外しておいた」

　……ん？

　どういうことだろう……？

「わざと入らせたのか？」

「朝から騒ぎになるのは避けたかったからな」

「……入らせた理由は？」

「鳳が頼んできたんだ」

　ふゆくんが……？

「『腑に落ちないことがあるらしいから、確認だけさせてやってくれ』って」

「確認？　なんのだよ」

「詳しいことは言えない、だと。まあ、あいつには世話になってるからな。それに、危害を加える気はないとも言っていたから入れてみたんだ」

「……死ね」

　蓮さんが、呆れた声で言い放った。

　入れてみたって……そ、そんなあっさり敵チームの総長を入れても平気なのかな？

　条約があるとは言っていたけど、ちょっと平和すぎじゃない……？

「最悪、ここはnobleのテリトリーだ。あいつひとりくらい何かあっても抑えられる。お前ならなおさらな」

「結局あいつが来た目的はわからねーってことか？」

「そういうことだな……まあ、南に調べさせる」

「ちっ、朝から鬱陶（うっとう）しい奴らだな……」

　蓮さんはそれだけ言って、玄関を閉めた。

「由姫、もう隠れなくていいぞ」

「あ……は、はい！」

　蓮さんが呼びに来てくれて、寝室から出る。

　蓮さんの前では……無関係なふりをしよう。

　心が……痛むけれど……。

「もう舜先輩、いなさそうですね……」

　玄関から廊下を覗いて、誰もいないことを確認する。

　隠れた手前、蓮さんの部屋から出ていくのを見られたら困るからっ……。

「それじゃあ私、部屋に戻ります！　朝ごはん作るので、支度が終わったら蓮さんも来てくださいね」

　笑顔で告げると、蓮さんも微笑み返してくれた。

「ん。楽しみにしてる」

　蓮さんの部屋を出て、自分の部屋へ戻った。

　虫は……もういない。一応確認して、安堵（あんど）の息を吐く。

　それにしても……春ちゃんが来た理由が気になる……。

　けど、もう連絡は取らないと決めているし、私が原因でないのなら悩む必要もないかな……。

　いやでも、私が原因だとしたら……。

　朝ごはんを作りながら、ずっと春ちゃんが来た理由を考えていた。

　結局、訳はわからなかったけれど……。

荒れ果てた総長

その日はいつもどおりに学校へ行って授業を受けて、放課後になった。

授業中もずっと春ちゃんが来た理由を考えていたけど、結局わからずじまいだったから、考えるのはやめた。

あんまり、春ちゃんのことを考える時間を作らないほうが、いいと思ったから。

春ちゃんから、離れないといけないんだ。

教室を出て、生徒会室に向かう。

すでにみんな揃っていて、「お疲れ様です」と挨拶をして中に入った。

「それにしても、今朝は大変だったな」

滝先輩の言葉に、ぎくっと体が音を立てた。

今朝って……春ちゃんの、ことだよね……？

私は平静を装い、資料の整理をする。

「ほんと、みんな揃って僕に後始末任せるのやめてよ～」

「南は後始末が得意だからな」

「ちょっと滝くん、意味深な言い方しないでよ～！　僕が悪いことしてるみたいじゃん～！」

「まあ、お前の手段は選ばないところは買っている」

今朝のことは、やっぱり結構な緊急事態だったんだよね……？

　ひとりそんなことを思っていると、舜先輩が突然私に話を振ってきた。

「というか、どうして由姫は蓮の部屋にいたんだ？」

　……っ、へ？

　不思議そうにしている舜先輩に、驚いて返事に詰まってしまった。

　ど、どうしてバレてるんだろうっ……！

「いや、普通に玄関に由姫の靴があったからな。てっきり泊まったのかと……」

　く、靴……！　そういえば置きっ放しだったっ。盲点(もうてん)だった……。

「な、何それ!?　ど、どういうこと！」

　南くんが勢いよく立ち上がった。

　私……というより、蓮さんに……問い詰めるような視線を送っている。

「関係ないだろ。仕事しろ」

　さらりと流した蓮さんに、南くんは不満げに頬(ほお)を膨らませた。

「蓮くんだけには言われたくない〜!!」

　たしかに、蓮さんは仕事が早いから終わったらいつも休んでいる。もちろん、自分の仕事はきちんとこなしているけれど、早すぎてサボっている時間のほうが長く見えてしまうんだろう、あはは……。

　南くんが、頬を膨らませたまま私のほうへと歩み寄ってきた。

「ねえ由姫。今日一緒に帰ろう？」

……え？

今日……別に構わないけど、ふたりでってことかな？

いつも、生徒会が終わったらみんなで生徒会寮に帰っている。

「早く仕事終わらせて晩ごはん食べに行こうよ!!」

あ、なるほど……何か食べたいものでもあるのかもしれない。

「うん、いい――」

「無理。俺と先約がある」

私の返事を遮り、蓮さんが言った。

え？　先約？

私、蓮さんと何か約束してたっけ……？

「むぅ～!!　嘘だ！　じゃあ明日！」

「明日もだ。明後日もその先もずっと俺で埋まってる」

……ど、どうしたんだろう蓮さん？

まるで断る口実のように言っている蓮さんに、首をかしげた。

その時、生徒会室内に電子音が鳴り響いた。

滝先輩のスマホだったらしく、応答している。

通話を切った滝先輩は、ため息をついたあと、生徒会幹部の人たちのほうを見ながら口を開いた。

「やはり、天王寺が大荒れだそうだ」

まるで天気を伝えるように話す滝先輩。

私はひとり、内心ドキッとしていた。

春ちゃんが……大荒れ？

「いつものことでしょ〜」

「……いや、異常な荒れ方だそうだ。nobleにも被害が出ているとと言っただろ」

……え？

滝先輩の言葉に、驚いてキーボードを打つ手が止まる。

春ちゃん……nobleの人にも、迷惑かけてるんだ……。

大荒れって……さすがにいろいろと、時期が重なりすぎているよね……。

今回も、前回も……私と何かあった時に、春ちゃんは問題を起こしている。

やっぱり、今日生徒会寮に来たのも私と蓮さんの接点を嗅(か)ぎつけて……？

「もうあいつはダメなんじゃないか」

舜先輩が、ぼそっと言った。

「……処分、ということか？」

確認するような滝先輩の発言に、目を見開く。

「え……？　処分……？」

思わずそう口にしていた。舜先輩が、説明するように話してくれる。

「この学園の決まりだ。校内での暴行事件は即停学。まあ、実際問題、暴行事件なんて至るところであるわけだが、収められるような小さな規模だった。だが……あいつはもう度がすぎる。手に負えない」

そんな……それってつまり……。

「次に大きな揉め事を起こせば……退学処分が下りるかもしれないな」
「……っ」
　春ちゃんが、退学処分……？
　私の、せいで……？
　春ちゃんとは別れたけど、だからって嫌いになったわけじゃない。
　春ちゃんのことは今でも人として好きだし、できることなら、元の関係とまではいかないけど……友達に戻りたいとも思う。
　大切な存在には、変わりなかった。
　だから……そんな春ちゃんが退学になるなんて、絶対に嫌だ。
　大変だ……そんなことになったら、春ちゃんの将来に影響する。
　せっかく西園寺学園に入学したのに……全部水の泡になる上、退学という学歴も残ってしまう。
「どうした由姫？　顔が真っ青だぞ？」
　蓮さんが、心配そうに私のほうを見た。
「い、いえ」
　ダメだ……動揺しちゃ。
　でも……どうしよう、このままじゃいけないっ……。
「今、nobleの特攻部隊（とっこうぶたい）が天王寺を鎮めている……うまく収められるといいが……」
　滝先輩がそう話したと同時に、生徒会室の扉が開いた。

「すみません!!　特攻部隊の奴らが天王寺にやられました……!!」

……っ。

血を流したnobleの人が入ってきて、倒れるように床に座り込んだ。

特攻部隊の人……？

特攻部隊とは、暴走族の中でも戦闘力の高い人たちが集められる役職。

「噂(うわさ)をすれば、だな」

滝先輩が、ため息をつきながら言う。

まるで、こうなることはわかっていたとでも言いたげな表情。

生徒会室に、異様な空気が流れていた。

蓮さんは興味がなさそうで、滝先輩は判断に困っている様子。南くんもいつもどおりで、舜先輩は面倒くさそうにしていた。

「……南、頼んだ」

沈黙を破るように、指示を出したのは舜先輩。

「えー、僕やだ～！　ケンカ怖いよぉ～」

「とっとと行ってこい」

「はぁ……もうめんどくさいなぁ……」

舜先輩に言われ、しぶしぶといった様子で立ち上がった南くん。

「で、どうすればいいの？」

「大人しくさせてこい。方法は任せる」

淡々とした声で命令した舜先輩の瞳は、一切の迷いがないように見えた。

それがわかって、ゾッとする。

このままじゃ、春ちゃんが……。

「どうして僕が天王寺の……」

ぼそっと何か言いながら、生徒会室を出ていった南くん。

春ちゃんを止めなきゃ……っ。

「わ、私、お手洗いに行ってきます……！」

そう宣言して、生徒会室を飛び出した。

一番近いルートで裏庭へ急ぎ、誰もいないことを確認して春ちゃんに電話をかける。

お願い、出て春ちゃん……！

私に電話をかける時……。

……春ちゃんも、こういう気持ちだったのかな。

そう思うと、少しだけ申し訳ない気持ちが溢(あふ)れて、すぐに邪念を払うように首を横に振る。

今はそんなこと、考えている場合じゃない……。

春ちゃん、出て……！

そう願った時、プツッという音がスマホごしに聞こえた。

《さ、ら……？》

よかった、繋がった……！

「春ちゃん、今どこにいる？」

確認のため、そう聞く。

《が、学校》

外から、雑音が聞こえた。

それと同時に、《ぐあっ……》と断末魔(だんまつま)のような声が。きっと、ケンカ相手のものだ。

「春ちゃん、ケンカは今すぐやめて……お願い」

《なんで、知って……》

困惑しているのか、弱々しい声が返ってくる。

「私のお願い、聞いて……？」

どうか、踏みとどまってほしい。

《……っ、ズルい……》

今にも泣きそうな声に、胸が痛んだ。

《だったら、俺のこと、捨てないで……っ》

春ちゃん……。

どうやら、私の想像の何倍も、春ちゃんの中では納得がいっていないようだった。

こんな苦しそうな声……初めて聞いた。

でも、春ちゃんだってズルいよ。

春ちゃんが浮気をしていなかったら、私に気づいてくれていたら……きっと私は、今もこれからもずっと春ちゃんだけを好きだった。

全て春ちゃんのせいにするつもりはないし、そんなこと言っても無駄だってわかっているけど、私はもう何があっても、春ちゃんのところには戻らない。

ただ……。

「明日の朝７時、ふたりで会おう」

こうなったのが全部私のせいなら……最後まで責任を持とう。

《……え？》

　春ちゃんが納得できないというなら……納得してくれるまで、ちゃんと話そう。

　ちゃんと……別れよう。

「春ちゃんの学校のすぐ近く……湖があるでしょう？」

《う、ん》

「そこで待ってるから、誰にも内緒で来て。絶対に内緒だよ？」

《会って、くれるの……？》

「うん。だから、もうケンカはしないで……お願い」

　はぁっ……と、歓喜するような息づかいが聞こえた。

《わ、わかった……！　明日の朝行くから。絶対だよ……！》

「……うん、約束」

　これで、止まってくれますように……。

　わがままかもしれないけど、春ちゃんが不幸になるのは嫌だ。

　通話を切って、ふぅ……と息を吐く。あとは、祈ろう。

　私は春ちゃんを信じて、生徒会室に戻った。

一番嫌いな奴

【side 南】

舜くんに言われて、天王寺がいる中庭へと向かう。

こんな目立つ場所でケンカするなんて、ほんっとバカだよね……。

処分でもなんでも好きなようにどうぞ、って言っているようなものだ。

自暴自棄（じぼうじき）になってるのは、まあ……サラに関することだろう。

由姫はあれから天王寺とは連絡を取っていないみたいだし……まあ、サラのことしか頭にない天王寺が荒れるには十分な理由だ。

……にしても、面倒くさいなぁ……。

どうして僕が天王寺の尻（しり）ぬぐいなんて……いや、逆か。

『大人しくさせてこい。方法は任せる』

舜くんのさっきの言葉……僕が処罰（しょばつ）を決めてもいいってことだもんね。

どうしてやろうかな……ま、ひとまずはボッコボコにしよう。

僕、天王寺のこと大っ嫌いだし。

中庭につくと、天王寺の姿を見つけた。

さっそく見つけた……それにしても、派手にやったねぇこいつ……。

　まわりには、nobleの特攻部隊の奴らが倒れている。

　ちょっと派遣した人数が少なすぎたかな……。まあいいや。あとは僕がするし。

　そう思った時、違和感を覚えた。

　天王寺の奴が誰かと通話をしている様子。

　しかも、その表情が異様だった。

「会って、くれるの……？」

　……こいつ、本当に天王寺？

　そう思うくらいなよなよした声に、いったい何に動揺しているんだと思うほど落ちつきがない。

　……と思ったら、今度は目を輝かせ狂喜(きょうき)し始めた。

「わ、わかった……！　明日の朝行くから。絶対だよ……！」

　えー、何あれ、怖～。

　……って、まさか……。

　嫌な予感がして、足を止めた。喜びを噛(か)みしめている天王寺を見て、嫌な予感は確信に変わる。

　……電話の相手は由姫か。

　ああもう……舜くんが退学処分なんて怖い単語を出したから、由姫が動いちゃったじゃないか……。はー……どうしてみんな、僕と由姫の邪魔ばっかりするんだろう。

　再び歩みを進め、天王寺に近づく。

　向こうも僕に気づいたのか、目が合った。

　僕を見るなり、無関心そうに視線を移した天王寺。そのまま、去っていくつもりなのか僕に背を向けた。

　たぶん由姫が、ケンカはやめてとでも言ったんだろうなぁ……誰も手に負えない狂犬でも、サラの言うことには従順みたいだ。
「あれ、どうしたの～？　僕が来たから逃げるの？」
「……」
「ほら、もっとケンカしようよ。暴れ足りないんじゃない？」
　いつもなら、煽ればバカみたいに乗ってくる天王寺。
　それなのに、僕の声なんてもう届いてないみたいにスタスタと歩いていってしまった。
　……せっかく天王寺を葬(ほうむ)れる機会だと思ったのに。
　チッと、無意識に舌打ちをしていた。
　まあ、また今度にしよう。
　ことの詳細は……由姫に聞こうか。

「たっだいま～」
　生徒会室に戻ると、由姫があからさまに心配そうな顔で僕のほうを見た。
　天王寺がどうなったか、気になるんだろうな。
　はぁ、気に入らない……。
　どうやったら由姫は、僕のことだけ見てくれるんだろうなぁ……。
　天王寺なんて、放っておけばいいのに。
　……あんなクソ男。
「天王寺はどうだったんだ？」
「うーん……なんか急に大人しくなってどっか行っちゃっ

た～」

　舜くんにそう返事をすると、由姫があからさまにほっとした顔をした。

「急に……？　おかしいな、本当に問題ないのか？」

「大丈夫だよ！　もう戦意喪失って感じだったし」

「どういうことだ……訳のわからない男だ……」

「さあ、なんだろうね～」

　僕は何も知らないふりをして、自分の席につく。

　舜くんと滝くんは、まだ納得いかないのかふたり揃って難しそうな顔をしている。

「あいつが大人しくなるなんて……サラが関係しているとしか思えないな」

　……おおっと、鋭いな。

　名推理の舜くんに、『そのとおりだよ』と言ってあげたくなった。

　横目で由姫を見ると、あからさまにびくっと動揺している様子。

　ふふっ、かわいい。

「なんでそこでサラが出てくるの？　関係ないでしょ～」

　大丈夫、僕が適当に誤魔化してあげるから。

「そういえば南、最近サラの捜索はどうなってるんだ？情報がないみたいだが……」

　滝くんまでそんなことを言い出すものだから、勘弁してほしいよ、まったく。

「いっこうに何も見つからないんだよ。報告することも何もなくって、ほんとどこにいるんだろうね～」

本人がいる前で話すなんて、変な感じだ。

当事者の由姫は、居心地が悪そうにしている。

「まあ、天王寺が大人しくなったならいい。最後の様子見だな」

話が天王寺に戻って、僕も適当に相槌(あいづち)を打つ。

天王寺の退学話がいったん中止になり、由姫も一安心みたい。

喉が渇いたのか、由姫が立ち上がった。

給湯室のほうへ行く由姫を追いかけるように、あとをついていく。

蓮くんは滝くんと話しているから、チャンスは今しかない。

ココアを入れている由姫に、後ろから声をかけた。

「ゆーきっ」

「わっ……！　び、びっくりした……」

ぼうっとしていたのか、驚いている由姫。

天王寺のことを考えていたのかなと思うと、つい嫉妬してしまう。

はぁ……やっぱり追いかけてでもボコボコにすればよかった。

金輪際(こんりんざい)、由姫と会えなくなるくらいやってやればよかったな。

「ねえ由姫。今日の夜、由姫の部屋に行ってもいい？」

僕の言葉に、由姫は不思議そうに首をかしげた。

「え？　ど、どうして……？」

「話したいことがあるんだ」

たぶん、僕が何を聞きたいかはわかっているんだろう。

でも、全部はわかっていないと思う。

「わ、わかった……」

さっきのことについて聞かれると思っている由姫は、気まずそうに視線を下げた。

天王寺のことももちろん聞きたいけど……昨日蓮くんの家に泊まったということも気になっていた。

今僕が一番警戒しているのは、天王寺よりも断然、蓮くんだから。

蓮くんとどうなっているのか、気になって仕方がない。

「それじゃあ、また夜にね」

笑顔で言って、自分の席に戻る。

確実に今、由姫の中での信頼度は僕より蓮くんのほうが高いだろう。

どうにか僕のほうに傾けられないかな……と、仕事をしながら策(さく)を練った。

由姫が僕だけを見てくれる方法を、必死に考えた。

もうちょっと強引にアピールしないと、鈍感な由姫は気がつかない、か……。

キス

春ちゃんは、約束どおりケンカをやめてくれたみたいだった。

南くんが戻ってきて、報告を聞いてほっとした……。

ただ、やっぱり南くんには勘づかれてしまったみたいで、話があると言われてしまった。

その日は夜の７時に生徒会が終わり、家に帰って南くんが訪問してくるのを待つ。

食欲もわかなくて、宿題を片づけながら待っていた。

――ピンポーン。

き、来たっ……。

玄関に向かい、扉を開ける。

「こんばんは～」

にっこり笑顔の南くんに、苦笑いしか返せなかった。

「ど、どうぞ」

「おじゃましまーす！」

リビングに案内し、ソファに座ってもらう。

南くん、怒ってないかな……。

飲み物を入れながら、内心ヒヤヒヤしていた。

勝手なことをしてしまったし、生徒会のみんなに迷惑をかけた自覚もあるから……。

怒られたら、素直に謝ろう……！

「は、はい、ココア」

「わ～、ありがとうっ」

　マグカップを渡すと、南くんがうれしそうに受け取ってくれた。

「僕もお菓子持ってきたんだ！　食べよう！」

　あ、あれ……？

　怒ってはないのかな……？

「由姫？　どうしたの？」

「南くん、お説教をしに来たんじゃないの？」

「え！　どうして？」

　どうやら、私が思っていた目的とは違ったらしい。

「私、余計なことしたかなって……生徒会役員としては、ダメなことだったと思うから……」

　私の言葉に、南くんは「そんなこと気にしなくていいのに」と笑ってくれた。

「別に怒ったりなんてしないよ～。僕としても、クラスメイトが退学になるのは悲しいし～。ま、fatalの奴らは基本サボってるしクラスメイトって感じしないけどね」

「そ、そうなんだ」

「僕が聞きたかったのはね、天王寺になんて言って説得したのかなぁって」

　あ……なるほど……。

　南くんには迷惑をかけてしまったし、ちゃんと話しておこう。

　南くんにはサラだってもうバレているし、隠すことでもないもんね。

「普通に、ケンカはやめてってお願いしたの」

「それだけ？」

「えっと、条件ってわけではないんだけど……明日会うことになった」

それまで笑顔だった南くんの表情が、一変した。

「……っ」

焦っている様子の南くんは、体勢を少し前に傾け、早まるなと言わんばかりに言ってくる。

「本気で言ってるの？　やめたほうがいいよ」

「ううん、もう決めたの。ちゃんと会ってお別れしようって」

このままじゃ……もっと迷惑をかけてしまいそうだから……。

今日だって、寮に春ちゃんが現れたことと、春ちゃんが暴力行為をしたせいで生徒会の人が巻き込まれた。

「これ以上迷惑をかけたくないし……春ちゃんにも、きちんと話してくる。別れようって」

もう……巻き込むのは嫌なんだ。

これは、私と春ちゃんの問題だから。

「……わかった」

南くんは少し黙り込んだあと、そう言ってくれた。

「あいつもサラには危害を加えないと思うけど、万が一何かあったら一番に僕に連絡してね」

いつもの笑顔を封印(ふういん)して、真剣な表情で心配してくれている南くんに深く頷く。

「うんっ」

ありがとう、南くん。

私の返事を聞いた南くんは、いつもの笑顔に戻った。

「そーれと、ここからが本題です！」

え？　ここから？

い、今までのは本題じゃなかったの……!?

いったいなんだろうと、南くんの次の言葉を待つ。

「昨日、蓮くんの家にお泊まりしたの？」

あっ……そ、そのことか。

そういえばさっき生徒会でも、南くん食いついてたなぁ。

「う、うん」

変に嘘をつくのもどうかと思い、首を縦に振った。

「どうして……!?」

私の返事に目を大きく見開き、ショックを受けている様子の南くん。

その理由はわからないけれど、とりあえず訳を話した。

「む、虫が出たの」

「虫？」

「私、虫が苦手で……蓮さんが家に来てもいいよって言ってくれたの」

たしかに、男の子の家に、一応女の私がひとりで泊まるなんて、ちょっと倫理観(りんりかん)に欠けているよね……。

蓮さんに甘えすぎだと、反省した。

「そんなの、僕の家に来てくれたらよかったのに～！」

南くんは何やら悔しそうに、下唇を噛みしめている。

「今度虫が出たら、僕に言うこと！　約束！」

「う、うん」

　頬を膨らませながら強い口調で話す南くんに、首をこくこくと縦に振る。

「それにしても、寝る時も変装なんて大変だね。ウイッグとか結構苦しくない？」

　……ん？

　南くんの言葉に、頭上にはてなマークが浮かぶ。

　まるで、私が変装をしながら眠ったみたいな言い方だったから。

「どうして？」

　普通に、寝る時は変装はとっているけど……。

「だって、蓮くんにも内緒だから、変装してたでしょ？」

「あっ……」

　そ、そうだ……。

　南くんが不思議がっている理由がわかって、ハッとする。

　蓮さんに素顔がバレたこと、言ってないっ……。

　い、言ったほうがいいのかな……？

　ハッとした私の反応を見て、何か察したのか南くんは顔を青ざめさせた。

「まさか……」

　どうやら、言わずもがなバレたみたい。

　私は、顔に不恰好な笑顔を貼り付けた。

「じ、じつは……蓮さんに、素顔がバレちゃったの……」

　あはは……と苦笑いをする私を見て、南くんの顔がますます青ざめていく。

「い、いつ？」
「昨日……」
　私の返答に、南くんは「はぁぁぁ」と盛大なため息をついた。
「なるほどね……それで蓮くんの過保護度が増しちゃってるってわけか～」
　過保護度……？
「ちなみに、サラだってことはバレてないよね？」
「う、うん」
「そっか……ま、蓮くんはサラには会ったことないもんね。あー、サラの写真見せなくてよかったぁ……」
「写真？」
　な、何それ……南くん、そんなもの持ってるの……!?
　気になったけど、怖いから聞かないでおいた。
「バレたものは仕方ないよね……でもでも、これ以上はバレないように気をつけてね！」
「うん！　頑張る……！」
　これからは気を引き締めなきゃと思っているから、その心意気を見せるようにガッツポーズをした。
　そんな私を見ながら、南くんはなぜか不安げだ。
「心配だなぁ……」
「だ、大丈夫だよ……！」
　蓮さんの前以外では油断しないから、これからはきっと大丈夫……!!

「それじゃあ、もう遅いしそろそろ帰るね！」

その後、お菓子を食べながら他愛(たあい)もない話をした。

帰るという南くんを、玄関までお見送りする。

「バイバイ南くん、また明日」

「うん、またね！」

南くんは笑顔で手を振ったあと、なぜか私のほうに顔を近づけてきた。

――え？

ちゅっと、かわいらしいリップ音が玄関に響く。

ほっぺたにキスをされたのだとわかり、慌てて頬を押さえる。

びっくりする私を見て、南くんは何やら意味深な笑みを浮かべた。

「……おやすみ」

み、南くんっ……!?

耳元で囁(ささや)かれた声は、いつもとはまったく違う色気のある声だった。

扉を開け、何事もなかったかのように出ていった南くん。

ひとり残された私は、その場にぺたりと座り込んだ。

な、なに今のっ……。

どうして、ほっぺにキス……？

というか、いつもの南くんじゃなかったっ……。

いつものかわいさ全開の天使のような南くんではなく、なんていうか……男の顔、だった。

ど、どうしちゃったんだろう……。もしかして、南くんも帰国子女？

キスは挨拶、とかなのかな？

うん、きっとそうだ……！　気にすることじゃないんだろうな。

そう思うことにして、私はお風呂に入るため浴室へと向かった。

南くんが……。

「これで由姫も、少しは僕のこと意識してくれたかな～」

楽しそうにそんなことを言っていたなんて、知る由(よし)もなく……。

本当のさよなら

朝が来て、 待ち合わせの時間に行けるように、支度をする。

私が昨日指定した湖は、初めてこの学園に来た時……途中の道で見つけた場所だ。

校舎を出て、10分ほど歩いた場所にある小さな湖。

そこを指定したのは、誰にも見られないためと……着替えられる場所があったから。

変装した状態でその場所へ行き、トイレの個室で変装を解く。

……よし、これなら見つからないだろう。

私はそのままの素顔で、湖へと向かった。

……あ。

まだ待ち合わせ時間より30分も早いのに、春ちゃんは来ていた。

ベンチに座りながら私を待っている背中に、心の中でごめんねと呟く。

直接話すって、結構怖いんだね。

もう散々傷つけてしまったけど……今から春ちゃんを悲しませると思ったら、胸が痛いよ。

「……春ちゃん」

名前を呼ぶと、春ちゃんはすぐに振り返った。

「さ、ら……！」

視界に映った顔には隈(くま)ができていて、心配になる。

もしかして、今日も寝ていないのかな……？

ベンチから立ち上がり、歩み寄ってきてくれる春ちゃん。

その表情は明るく、瞳は輝いていた。

それだけ私との再会を待ち望んでくれていたのだと思うと、やっぱり胸が痛む。

だからといって、決心が揺らぐことはない。

春ちゃんにとっては、久しぶりの再会かもしれないけど、本当は違うんだよ。

そのことについては、話すつもりはないけれど。

「会いたかった……っ」

春ちゃんの言葉に、『私も』とは言えなかった。

「うん」

そんな曖昧(あいまい)な言葉しか返せない私を見て、春ちゃんが表情を変える。

「あの、俺……」

何から話せばいいかわからないといった様子の春ちゃんに、私から話を切り出すことにした。

「私ね、今のfatalのこと……春ちゃんのことも……知っちゃったの」

私の言葉に、春ちゃんの顔がみるみるうちに青ざめていった。

「誰から、聞いたの……？」

その言葉に、私は下唇を噛んだ。

「……そんな話じゃないでしょう？　誰からとか、そんなの関係ないよ」

もし人づてに聞いた話だとしても、それを知ってどうするの？

その相手を責めるの？

違うよ……そうじゃないでしょう春ちゃん。

春ちゃんもわかってくれたのか、ハッとした表情に変わった。

「……っ、ごめん……でも、俺は……サラが好きで……本当に、サラだけなんだっ……」

春ちゃんが、嘘を言っているようには見えなかった。

きっと……本心から言ってくれているのだと、わかる。

「他の女と……本当に、悪いことをしたと思ってる……でも、全員サラの代わりで――」

「やめて」と、春ちゃんの言葉を遮った。

「そんな言い訳、聞きたくないよ……」

春ちゃんが遊んだ女の子の気持ちを、春ちゃんは考えたことがあるのかな……。

春ちゃんが私のせいで浮気をしたと言うのなら、私だって同罪ってことだ。

「私の代わりなんて……一番聞きたくなかった」

「……っ、ご、ごめん……！　サラ、本当にごめんなさい……っ」

声を荒げて謝ってくる春ちゃん。違うよ、私は謝ってほしいわけじゃないんだ。謝るなら……春ちゃんが弄(もてあそ)んだ女の子たちに謝ってあげてほしい。

「もう絶対にしない……約束する、だから……別れるなんて、言わないで」

虚(うつ)ろな目をしながら、懇願(こんがん)してくる春ちゃん。

ぎゅっと、弱々しい力で手を握られた。

「俺、サラに捨てられたら、生きていけない……」

震える声でそんな卑怯なことを言う春ちゃんに、心が張り裂けそうだった。

はっきり言わなきゃ。

「……春ちゃん、今日はね」

ちゃんと……今度こそ。

「春ちゃんとお別れするために、来たんだよ」

「……っ」

握られた手を、そっと握り返した。

私が春ちゃんに向けていた愛情を、そっと手渡すように、春ちゃんの震えている手を優しく包み込む。

「私、春ちゃんのこと大好きだったよ、今でも大切な存在」

泣きそうな顔でじっと私の話を聞いている春ちゃんに、残酷(ざんこく)だと思いながらも笑顔を向けた。

最後は笑顔で、お別れしたいの。

「今の春ちゃんは私が好きになった春ちゃんじゃない」

春ちゃんが、苦しそうに眉間にシワを寄せ、涙をこらえるように下唇を噛みしめた。

「優しくて、正義感が強くて、みんなを守ってた真面目な春ちゃんに戻ってほしいよ」

どうか……昔の、かっこいい春ちゃんに。

「ゆき……っ」

震える声で、呼ばれた名前。

それに、笑顔を返す。

「あんまり人に迷惑をかけちゃダメだよ。春ちゃんはfatalのトップなんだから、みんなをしっかりまとめて守ってあげなきゃ」

年下の子に偉そうにしちゃダメだよ？　春ちゃんが守ってあげる立場なんだからね。

弥生くんと華生くんのことも、守ってあげてね。優しくしてあげてね。

ふゆくんのこと……困らせちゃダメだよ。

それと……。

「遠距離で、寂しい思いばっかりさせてごめんね。私がもっと、会いに来ればよかった」

ずっと、それだけは謝りたかった。

私たちがうまくいかなくなってしまったのは、決して春ちゃんだけのせいじゃない。

蓮さんは、自分を責めるなと言ってくれたけど……私にだって責任はゼロじゃない。

春ちゃんは何度も何度も会いたいと言ってくれた。

私がそれに答えなかったから……。

恋人に我慢ばかりさせる、不甲斐(ふがい)ない彼女だった。

「ごめんね、春ちゃん……」

「違う、悪いのは全部、俺だよ……！」

……ありがとう。

必死の形相で首を横に振った春ちゃんに、微笑んだ。

その優しさを……忘れないでほしい。ずっと、優しい春ちゃんでいてほしい。

「今の私たちは、一緒にいるべきじゃない。今の春ちゃんのこと、信じてあげられない……ごめんね」

ぎゅっと、握る手に力を込めた。

「だから……お別れしよう」

「……っ」

春ちゃんの顔は、見ていられないほど悲痛に歪（ゆが）んでいて、目を逸（そ）らしたくなった。

けど、絶対に逸らさない。

「前の、私が大好きな春ちゃんに戻ったら……」

私は最後まで笑顔を崩さず、まっすぐに春ちゃんを見つめながら言った。

「また、お友達になろうね」

そんな日が、来ますように……。

「由姫……！」

何か言いたげな春ちゃんの腕を、強く引っ張る。

隙をつくように、首の側面を強く押すように手刀（てがたな）で打つ。

がくんと、意識を手放し傾いた春ちゃんの体を、すんでのところで受け止めた。

意識を失った春ちゃんの顔を見ながら、ふっと笑みをこぼす。

そう言えば、改めて見ると春ちゃん、身長が伸びたなぁ……。

顔も前よりもしゅっとして、たくましくなってる。

最後に気づいた春ちゃんの変化に、私たちが変わってしまったことを改めて感じた。

「……バイバイ、春ちゃん」

──本当に、さようなら。

春ちゃんの体をなんとかかかえて、ベンチに座らせる。

あとは……非通知からふゆくんに連絡を入れて、迎えに来てもらわなきゃ。

たぶん30分は目を覚まさないだろうから……万が一、春ちゃんに恨(うら)みがある人が来たら大変だ。

目をつむっている春ちゃんを見ながら、心の中でもう一度さよならを言った。

また……友達に戻れる日が来ますように。

そう祈って、私はその場をあとにした。

まどろみの中

ふゆくん、無事に来て、春ちゃんのことを見つけてくれるかな……。

心配になったけれど、ふゆくんならきっと来てくれるだろう。

私はスマホの画面を開き、春ちゃんの連絡先に移動する。

そして、着信拒否に設定するとともに、春ちゃんの連絡先を消した。

これで、春ちゃんとの接点はなくなってしまった。

もうあと戻りはできない……これでいいんだ。

今は、ふゆくんが見つけてくれることを信じようと、私はひとり寮に帰った。

早く朝の支度をして、学校に行かないと。

エレベーターを降りて家のほうを向いて廊下を歩いていると、奥の部屋から蓮さんが出てきた。

一応人に会わないように気をつけていたため、ぎくっとした。

「由姫？」

不思議そうに私の名前を呼んだ蓮さんに、「おはようございます」と平静を装って挨拶をする。

「こんな朝にどうした？」

やっぱり、聞かれちゃうよね……。

今の私の格好は、変装した姿に私服。こんな朝早くに帰ってきたというのはあまりにも不自然すぎる。

　何か、適当な理由を……。

「の、飲みたいものがあって買いに行ったんですけど、売り切れてました……」

　あははと笑うと、蓮さんは騙されてくれたのか「そうなのか」と納得した様子だった。

「なんて飲み物だ？　入荷するように言っておく」

　えっ……！　権力のある蓮さんが言うと冗談に聞こえないっ……。

　というか、本気で言ってくれてるんだろうな……あははは……。

「だ、大丈夫です！」

「そうか……？」

「蓮さんもどこか行くんですか？」

　こんな時間に蓮さんこそ私服でどうしたんだろうと思い、聞いてみた。

「コンビニ」

　何か買いに行くのかな？

　引き止めてしまって申し訳ないなと思い、さよならをしようと思った時。

「なあ由姫」

　蓮さんが何か言いたげな顔をしていることに気づいた。

　ん？　どうしたんだろう……？

「彼氏とやらとは大丈夫か？」

　控えめに聞いてきた蓮さんに、ハッとする。

蓮さんには、言っておかなきゃ……。

たくさん迷惑をかけたし、何より……私の背中を押してくれたのは、蓮さんだから。

心配をかけないように、笑顔を浮かべながら口を開いた。

「はい。ちゃんと……別れました」

蓮さんはとくに驚くことなく、「そうか」と言って、いつものように私の頭を撫でてくる。

くすぐったくて笑うと、蓮さんはそんな私を見ながら、なぜか口角を上げた。

「じゃあ、もう遠慮する必要はないな」

「へっ……」

遠慮……？

首をかしげると、蓮さんが急に顔を耳元に近づけてきた。

耳に唇が触れるんじゃないかと思うような至近距離に、ドキッとする。

「落とすから覚悟しとけ」

「……〜っ」

言われた意味くらい、さすがにわかった。

蓮さんから慌てて離れて、耳を押さえる。

な、何、今の色気のありすぎる声っ……！　蓮さん、怖いっ……！

今、変装していることに感謝した。

私の顔は、きっとユデダコみたいになっているだろうから。メガネがあるから、まだ隠れるだろうけど……。

それでも蓮さんも気づいたのか、また不敵な笑みを浮かべた。

「顔が赤いぞ。好きになったか？」

ブンブンと、首を横に振る。

ひ、人としては好きですけど、そういう意味ではまだ違います!!

少し残念そうにしながらも、ニヤニヤと私の反応を楽しんでいそうな蓮さん。

「そうか。俺は好きだけどな」

も、もうっ……！

「れ、蓮さんっ……！」

これ以上からかうなら怒りますよ……！という意味を込めて、頬を膨らませた。

「そんな顔してもかわいいだけだぞ」

「～っ」

「ふっ、またな」

さらりと甘いセリフを吐くと、蓮さんは笑みを残したまま去っていった。

す、すごくからかわれたっ……。

自分の部屋に入って、顔の熱を冷ますようにパタパタと扇ぐ。

蓮さんってば……いつも優しいのに、あんな意地悪な一面があるなんて……。

私がかわいいなんて、ありえない……。

でも、私も一応は女だから、言われて嫌なはずはなく、むしろ言われ慣れていなくてうまく返せなかった。

好意を向けられることに免疫(めんえき)がないから……困ってしまった。

蓮さん……本気で私のこと……。

でも、まだ新しい恋は早いな……。

春ちゃんと別れてばかりで「はい次」なんて、春ちゃんにも悪いよ。

それに……蓮さんにも不誠実だ。

ただ……いつか、蓮さんを好きになる日が来るのかなと考えた時、可能性はゼロではない気がした。

というか、私ごときが何を言ってるんだろう……！　は、早く支度して、学校に行こう……！

「なあ、あれ……」

「しっ!!　nobleに目つけられるぞ……！」

今日も今日とて、視線を感じる……。

教室に向かう最中も、ずっと私に向けられている視線。

でも、何も言われなくなったから、視線くらいならどうってことない。

気にしないようにして、教室までの道を歩く。

「おはよう！」

教室に入って、席についていたみんなに挨拶をした。

みんな、いつも早いなぁ。

「おはよ由姫」

「「おはよう〜!!」」

海くんと、元気いっぱいの弥生くん華生くん。

一方、拓ちゃんは不思議そうに私を見ていた。

「由姫、ちょっと眠そうだな」

「あはは……うん、ちょっと眠たい」

今朝は早くに出ていったし、あんまり眠れなかった。

寝不足で、気を抜くとあくびが出てしまいそうだ。

「授業始まるまで寝たら？　起こすから」

「うーん……そうしようかな……」

授業中に寝ちゃったら困るから、お言葉に甘えてＨＲ（ホームルーム）まで仮眠することにした。

うつ伏せになり、目を閉じる。

「昨日、抗争あったらしいな。お前らの頭がふっかけてきたとか」

海くんの言葉に、びくっと反応してしまいそうになった。

は、春ちゃんの話だ……。

「知らねーし！」

弥生くんが、不機嫌そうに返事をしている。

どうしよう……会話に意識がいってしまって、まったく眠れない……。

「まあでも、一件落着になったって聞いたけど……なんかあったのか？」

「だから知らねーって言ってんだろ！　３年とはあんま喋（しゃべ）んねーし！」

「は？　同じグループだろ？　fatalってマジで変だよな」

「お前らみてーな仲良しこよしグループとはちげーんだ

よ！」

「ま、仲がいいのは認めるけど」

４人……というより、拓ちゃんはほとんど会話に参加していなかったから、実質３人の会話が気になって、結局仮眠はできなかった。

放課後になっても、眠気は続いていた。

眠たい……。

今日は家に帰ったら、すぐに眠ろうっ……。

生徒会室につき、中に入る。

「お疲れ様です」

……あれ？

今日は、舜先輩と滝先輩だけ……？

他の役員さんたちの姿は見当たらず、蓮さんと南くんもいない。

いつも、他の役員さんも数名はいるけど……今日は何かあったのかな。

「ああ、お疲れ由姫」

舜先輩と滝先輩が私に気づいて、挨拶をしてくれた。

「あの、今日は他のみなさんは……？」

「ああ、今日は来れないかもしれないな。蓮は理事長に呼び出されている。相当イラついていて見ていて面白かったぞ」

理事長室？　あっ、蓮さんのお父さん。

舜先輩はどうやら、蓮さんが苛立っているのを見るのが面白いらしい。

「南は家の呼び出しがかかったらしい。すぐに戻ってくると言っていたが……まあ帰って来ないだろうな」

　滝先輩の言葉に、「そうなんですね」と呟いた。

　蓮さんと南くんがいないのは寂しいけど、いつも通りすることは変わらない。

　さ、私は自分の仕事仕事！

　席に座って、今日のタスクを確認する。

　その最中、舜先輩と滝先輩の会話が聞こえていた。

「昨日あれから、天王寺は人格が変わったように大人しくなったらしい」

　えっ……。春ちゃん……。

　納得がいかない口調で話す舜先輩の言葉に、ほっとした。

　春ちゃんなりに……私の言葉、ちゃんと考えてくれたのかな。

　そうだとしたら、うれしいな。

　眠気が吹き飛ぶくらい気分がよくなって、リズムよくキーボードを叩く。

「しかも、鳳から伝言だ。『近々謝罪させに行く』だと」

「あの天王寺が謝罪？　何かの間違いじゃないのか？」

「俺もそう思う。……が、鳳がずいぶんご機嫌だったから、何かあったんだろう」

　私の耳にはもう、ふたりの会話は入っていなかった。

知らない思い出

「由姫」

　低音なのにどこか優しさのある声に、名前を呼ばれる。

　ひどく心地いいその声に、ゆっくりと意識が戻っていく。

「んん……」

　あれ……？

　重たい頭を上げると、視界に映ったのは、優しい眼差しでこちらを見ている滝先輩だった。

「たき、せんぱい……？」

「そろそろ帰ろう」

「え……？」

　そろそろ、帰ろうって……ここ、どこ？

　ぼんやりとする意識の中、あたりを見渡す。

　生徒会室……？

　ハッとして、微睡みから一瞬で抜け出した。

「他の人間はもう帰ったぞ。舜は昨日の件の後始末があって、理事長のところへ行っている」

　え、っと……私、寝てた……？

　生徒会に来た直前くらいの記憶しかない。ってことは、来てすぐに眠ってしまったのっ……!?

　空はすっかりオレンジ色に染まり、時計を見ると短い針がちょうど６を指している。

「すみません滝先輩……!!」

土下座(どげざ)する勢いで頭を下げた私に、滝先輩が微笑んだ。

「謝る必要はない。寝不足だったのか？　ぐっすり眠っていたぞ」

うっ……。なんて失態……。

「す、すみません……」

しかもよく見ると机に置いていた資料がすべてなくなっている。

慌てて画面を開くと、共有をかけていた白紙だったデータが、びっしりと埋まっていた。

まさか……。

「わ、私の仕事、代わりにしてくれたんですか……？」

滝先輩が……？

私の言葉に、滝先輩はふっと笑う。

「自分のものが早く終わったんだ」

なんてことだっ……。

結構な量があったはずなのに、すべて任せてしまったなんてっ……。

私より滝先輩のほうが仕事量も忙しさも倍なはずなのにっ……。

「なんとお詫(わ)び申し上げればいいのか……」

申し訳なさで、みるみる小さくなっていく私の頭を、滝先輩が撫でる。

「気にするな。由姫にはいつも助けられているから、ほんの礼だ」

う……なんて優しいんだろう……。

滝先輩が優しすぎて、罪悪感に押し潰されそう……。

せめて何かお礼がしたい……。

そう思った時、あることを思いついた。

「あっ、滝先輩、このあと時間ありますか……！」

「ん？」

気抜けしたような表情を浮かべた滝先輩に、私はにっこりと微笑んだ。

滝先輩を連れてやってきたのは……。

「ここは……南の家の……」

「はい！　この前南くんに教えてもらって、すっごくおいしかったので……！」

南くんが紹介してくれた、クレープ屋さんだ。

滝先輩は甘味を愛する同士だと思うから、甘いものをごちそうさせてほしいと半ば強引に連れてきた。

こんなことで許されるわけないけれど……気持ちだけでもって……。

「ここは私に奢らせてください！」

「しかし……」

「私の罪悪感を晴らすためと思って……」

「わ、わかった」

懇願(こんがん)した私に、滝先輩は苦笑いした。

「滝先輩はどれ食べますか？」

サンプルを見ながらそう尋ねると、滝先輩は悩むように顎(あご)に手を当てた。

「んー……」

真剣に悩んでる……やっぱり、滝先輩は甘いものが相当好きみたいだっ……。

「この、チョコとフルーツと生クリームのクレープにしようか……」

「それ、おいしそうですよね……！」

滝先輩のチョイスに賛同しながら、私は自分の分と滝先輩の分のクレープを注文した。

「……うまい」

席に座って、ふたりでクレープを食べる。

おいしそうに目を輝かせた滝先輩に、笑みがこぼれた。

「滝先輩もこのクレープ屋さんにはよく来るんですか？」

「いや、初めてだ」

「えっ……！」

てっきり、南先輩と仲がいいから、ふたりでよく来るんだと思ってた……！

それに、滝先輩は甘いものが好きだから、スイーツ系のお店は全部制覇しているものだとっ……。

「甘いもの、お好きでしたよね？」

念のため、そう確認する。

「ああ……だが、俺みたいな男がひとりで食べに来るのも気が引けてな……」

「そんな……」

少し自嘲気味（じちょうぎみ）に笑った滝先輩。

「でも本当は、一度食べてみたかったんだ。連れてきてくれてありがとう、由姫」

ありがとうなんて、そんな……。

もしかして滝先輩、甘いものが好きなこと、気にしているのかな……？

「私、このお店のクレープを全種類制覇(せいは)することが目標なんです！」

「え……？」

私は、滝先輩に笑顔を向けた。

「だから、また一緒に食べに来ましょうねっ」

滝先輩が、一瞬驚いたように目を見開いた。

すぐに、いつもの柔らかい表情に戻る。

「ああ、よろしく頼む」

スイーツ仲間が増え、うれしくなった。

それにしても、滝先輩ってば一口が大きいっ……！

私はまだ半分も食べ終わっていないのに、滝先輩はもうほとんど食べ終わっている。

ごはん前に誘うのはどうかと思っていたけど、滝先輩にとっては軽食にすらならないかもしれない。

「滝様、クレープ食べてるよ……！」

あ……。

少し離れたところに座っている女の子のひとりが、そう口にしたのが聞こえた。

「甘いの苦手そうなのに……あの子に付き合ってるのかな？　噂の子でしょ」

「たぶん、しょっぱい系のクレープでしょ？」

　私たちは一番端の席に案内してもらったから、何を食べているかまでは見えないだろうけど……向けられる視線に、滝先輩が少しだけ表情を曇らせた。

「やっぱり、男が甘いものを好きなのは、おかしなことなんだろうか……」

　え……？

「南のようなかわいらしい男ならまだしも、俺みたいな男は……」

「そんなことないです！」

　私は、すぐに否定した。

　甘いものは正義だもん。男の人がとか、強そうな人がとか……まったく関係ない！

「むしろギャップですよ」

「ギャップ？」

　首をかしげた滝先輩に、私は言った。

「滝先輩みたな男らしい人が甘いものを好きって、かわいらしい一面も垣間(かいまみ)見えて女性は母性本能をくすぐられると思います！」

　私はむしろ、甘党な人には好印象しかない。自分がそうだからっていうのもあるけど……。

　だから、気にする必要なんてまったくないのに。

「……っ」

　なぜか、滝先輩が大きく目を見開いた。

　その反応に、首をかしげる。

　どうして、そんな驚いているんだろう……？

少しの間、驚きの表情が顔に張りつけていた滝先輩。

「……由姫はいい奴だな」

そう言って、ふっと微笑んだ。

「滝先輩のほうがいい人ですよ」

最初は、強そうで口数も少なかったから、どう接していいのか迷っていたけど……滝先輩は知れば知るほど好感度が上がる。

優しくて、まわりの人に気を配れて、とても頼りになって……。

そんなことを思っていると、滝先輩が急に手を私のほうに伸ばしてきた。

「た、滝先輩？」

ぽんぽんと、優しく頭を撫でられる。

私を見つめる滝先輩の瞳は……何か愛おしいものを見るように、甘くて優しかった。

ただ、私に向けられているというよりも……私と、誰かを重ねているように見えた。

「悪い。急にこうしたくなった」

くしゃっと、いつもとは違う無邪気(むじゃき)な笑顔に戸惑う。

「そ、そうですか……？」

ど、どうしたんだろう……。

滝先輩らしくない行動に驚いたけれど、嫌ではない。

それにしても……大きな手。

私の頭から離れていく手を見て、そう思った。

「この前話したが、俺には好きな相手がいる」

　急に始まった滝先輩の話に、ドキッとする。

「本名は知らないが、サラと呼ばれている相手だ」

　サ、サラの話……。つまり、自分の話になるため、できれば遠慮したい……。

　なんて、そんなことを言えるはずもなく、耳を傾けた私に届いたのは……。

「彼女も、由姫と同じことを言ってくれた」

　滝先輩の、衝撃的なセリフだった。

「……え？」

　サラが……私と同じことを？

　ちょっと待って、それって私が昔、滝先輩に同じことを言ったってことだよね？

　……おかしい。

　だって私は……昔、滝先輩とそんな話をした記憶もなければ、滝先輩のことも憶えていなかったんだから。

「その人と、話したことがあるんですか？」

　私の質問に、滝先輩はふっと、思い出すように笑った。

再会を夢見て

【side滝】

「その人と、話したことがあるんですか？」

由姫は、なぜかとても驚いた表情を浮かべている。

「ああ。他の奴には内緒だぞ。言っていないからな」

俺はそう言って、昔話を始めた。

俺を変えた、彼女との話を──。

初めて“サラ”と出会ったのは、俺が中学３年の時だった。

といっても、もう春休みだったから、高校１年といってもいい時期。

当時の俺は……尖（とが）っていた。

若気（わかげ）の至（いた）りというやつだ。

口数は少なく、口調も荒く……スカしているつもりはなかったが、今になって思えば粋（いき）がっていたように思う。

『おい滝、お前だけだぞ。提出物を出していないのは』

『……喋（しゃべ）りかけんな』

唯一、俺を気にかけていた舜に対しても、当たりがきつかったと思う。

たぶん、蓮以上にまわりとの関わりを避けていた。

サラと出会った、あの日までは。

あの日はたしか……土曜日だったと思う。

春休みの帰省中、家にいるのが億劫（おっくう）になり、街に出た。

その日……俺は偶然、ある店を見つけた。

店の外から見える、うまそうなケーキのセット。

極度の甘党の俺は、思わず足を止めてしまった。

セットというより、ガトーショコラやオペラなどのピースケーキのサンプルを、ワンホールの形になるよう並べたものだった。

アイスや生クリームもふんだんに盛られていて、ごくりと生唾（なまつば）を飲む。

うまそう……。

そのサンプルに釘（くぎ）づけになり、人目も忘れて悩み込む。

食いたい……。

でも、こんな店にひとりで入るのはダサい……。

見るからに女の入る店だし……って、あ？

サンプルの端に、【カップル限定】という文字を見つけた。

カップル限定ってなんだ……スイーツを食べることに、しょうもない条件なんかつけんな……。

諦めて去ろうとした時、俺は背後に女が立っていることに気づいた。

『はぁ、おいしそう……』

……あ？

振り返ると、俺と同じようにサンプルに釘づけになっていたそいつ。

俺はそいつを目に入れた途端……動けなくなった。

うまそうなケーキの比ではないくらい、そいつに惹（ひ）きつけられてしまったから。

　なんだ、この女……。

　俺が知っているすべての言葉を用いても、こいつの美しさを表現するに足らない。

　こんなキレイな人間がこの世に存在するはずないと、まず自分の目を疑った。

　……しかし、どうやらこれは幻覚の類ではないらしい。

　目を擦っても瞬きを繰り返しても、俺の視界に映る美しいものは変わらなかった。

　俺が目の前の奴に見入っている間、相手はサンプルに夢中らしく目を輝かせながら見つめている。

　ようやく俺に気づいた女が……俺をその瞳に映した。

　水色の瞳に自分の姿が映っているというだけで、全身に衝撃が走った。

『もしかして……キミもこれを目的に来たの？』

　突然話しかけられ、一瞬言葉を理解するのが遅れる。

　キレイな人間なんか見慣れているはずなのに、この女は桁(けた)違いだ。

『……べ、別に……』

　そんな情けない返事をして、視線を逸らした。

　これ以上見続けていたら、おかしくなりそうだ。

　女は俺の返事を肯定ととったのか、気配で距離を詰めてきたのがわかった。

『ねえ、よかったらなんだけど、一緒に入らない？』

『は？』

何、言ってるんだ、こいつ……。

恐る恐る顔を上げると、視界の真ん中に女の姿が映る。

『私、どうしてもこのケーキが食べたいの……！　でも、恋人なんていないから……食べてる間だけ、カップルのふりしてください……！』

切実に訴え(うった)てくるそいつに、うっと言葉が詰まる。

『いや、意味わかんねーし……』

なんで、俺……。

たまたま居合わせたにしても、知らねー奴に声かけるとか危機感なさすぎだろ……。

圧倒的な美貌(びぼう)なため、自分の容姿に自覚がないとは思えない。

それにしては無防備すぎる気もするが……。

『ダメ……？』

眉を八の字にしながら、見つめてくるそいつ。

当時の俺は今より身長が20センチ低かったが、それでも165センチはあったため、必然的に上目づかいをされている状態に。

正直、意味がわからないことの連続で、ケーキのことなんかもう考えられなくなっていたが……。

『ちっ……』

俺は、店に入るため入り口へと向かった。

断れなかったせいもあるが、何より俺が断れば、こいつは他の奴に頼むのかと思うと……柄にもなく心配になった。

俺の行動で察したのか、女がてくてくと後ろからついてくる。

表情は見えないが、足音からしてご機嫌なことがうかがえた。

店内に入ると、すぐに席へと案内された。

『ご注文はお決まりでしょうか？』

『このカップル限定ケーキセットをください……!!』

即答する女は、目を輝かせている。

よほどこのケーキセットが食べたかったらしい。

『お持ちいたしますので、少々お待ちください』

店員が厨房(ちゅうぼう)に入ったのを見て、女がにっこりと微笑んだ。

『ふふっ、ありがとう』

……っ。

言葉を失うくらいキレイな顔で笑う女に、何も言えなくなる。

俺は……夢でも見てるのか……？

『あなたは、甘いもの好き？』

うきうきとした様子で聞いてくるそいつに、バツが悪くて視線を逸らした。

『別に……』

『別に……？』

『俺みたいなのが甘いもん食ってたら、おかしいだろ……』

どうしてそんな本音を吐いたのかわからないけれど、この女に見られると、誤魔化(ごまか)すことも嘘をつくこともできなくなるような気がした。

『そんなことないよ！』

……は？

『むしろギャップだよ！』

『ギャップ？』

意味のわからないことを言い出したそいつに、パチパチと瞬きを繰り返す。

女は、前のめりになって言葉を続けた。

『男らしい人が甘いものを好きって、かわいらしい一面も見えて女の人は母性本能をくすぐられると思うよ！』

なんだ、それ……。

『それに……好きなものは好き！　って言える人、私はかっこいいと思うなぁ』

にっこりと、また笑ったそいつ。

どうやったら、こんなにキレイに笑えるのだろうかと、不思議に思うほど。

美しいくて……そして、かわいかった。

『……あっそ』

……かわいいとか、どうしたんだ俺は……。

寒すぎる、女にこんなこと思うとか……。それに、たぶんこいつ年下だ……。

でも……こんなふうに言われたのは初めてで……。

昔から甘いものや、小動物が好きだが、生まれつきの強面でこの趣向を口に出すことは避けていた。

一度教室で甘いものを食べていた時、似合わないと言われたことをきっかけに、人前で甘いものを食べるのすらやめた。

それが……ギャップとか、モノは言いようだな。

こいつの言い方からして、お世辞(せじ)のようにも聞こえなかったし、変な奴。

好きなものは好きって言える人、か……。

『わっ、来た……！』

俺がひとりそんなことを考えている間に、ケーキを持った店員が来た。

『うわぁ～！　おいしそう……!!』

机の真ん中に置かれたケーキを見て、一層目を輝かせたそいつ。

『ねえ、全部半分こしよう？』

『……お前がひとりで食べればいい』

『えー、でも、一緒に食べたほうがおいしいよ？　だから、ね？』

うれしそうに提案してくるそいつに、断る理由が思い浮かばなかった。

『……ああ』

『やったぁ！　それじゃあ、いただきますっ……!!』

ガトーショコラを、パクリと食べ、そいつは頬を押さえた。

『おいしい……！』

うっとりしている表情に、癒される。

……癒される？

自分の思考に、ゾッと鳥肌が立った。

何考えてるんだ俺は……。

でも、うまそうに食べるこいつの姿は、できることならずっと見ていたいと思うほど愛らしい。

『……なあ、他には？』

『え？』

『かっこいいと思う、男……』

気づけば俺は、そんなことを聞いていた。

女は、俺の質問に対する答えを、真剣に考えている。

『うーん、そうだなぁ……優しい人、かな、それと、リーダーシップがある人は尊敬する！　頼りになって、かっこいいよね』

優しい、リーダーシップ、頼り甲斐……今の俺はひとつも持ち合わせていない。

『でも、いつか恋人ができるなら、こんなふうに一緒にスイーツを食べてくれる人がいいなぁ』

そう言って、今度は少し恥ずかしそうに笑った女。

ケーキを食べ終わるころには、俺はもう恋に落ちていた。

『すっごくおいしかったぁ〜……！』

ケーキセットを完食し、店を出た。

『今日は付き合ってくれてありがとう！』

『……ん』

『それじゃあ、またね！』

あっ……。

手を振って、そのまま走っていった彼女。

名前、聞いてない……。

連絡先も、聞けなかった……。

また、会えっかな……。

服装もラフなものだったし、近所に住んでいるだろう。

次会えた時は……名前、聞こう。

そして、その日までに少しでも、彼女に“かっこいい”と思ってもらえる男になろう。

そう心に決め、俺もその日は家に帰った。

春休みが明け、高等部に進学した。

俺は東……舜と一緒に、nobleに入った。

もともと、西園寺学園ではどこかのグループに所属したほうが何かと楽だという理由で、適当に入る人間も多い。

俺も当初は適当に、規則の緩いfatalに入る予定だった。

……が、彼女と出会って考え方が変わり、規則が厳しく真面目な人間の多いnobleに加入した。

休日、何度か彼女と出会ったあの店に通ったが、彼女とは再会できていなかった。

そして……あの事件が起こった。

fatalとnobleで協力し、biteのアジトに乗り込んだ。

結果は……惨敗(ざんぱい)。

天王寺を助けようとした東が標的になり、やられそうになっているのを前に……俺は動けなかった。

──ガシャンッ!!

そんな俺たちの前に救世主のように現れたのは……再会

を待ちわびた……彼女だった。

どうして、あの子が、ここに……っ。

俺が驚いている間に、目にも追えない華麗（かれい）な動きで、次々とbiteの人間を倒していく彼女。

意識も朦朧（もうろう）としていたのに、あまりに衝撃的なその光景をいまだに覚えている。

この子……fatalの仲間だった、のか……。

これは誰にも言うつもりはないが、その時一度だけ、fatalに入らなかったことを後悔した。

『裏口から逃げて……！』

彼女が、そう言ってnobleのほうへ近づいてくる。

『キミたち、大丈夫？　立てる？』

心配そうに、nobleの奴らに声をかけているその子の姿に、俺は顔を背けた。

俺はその子の視界に入らないように、最後の力を振り絞って裏口から脱出した。

こんなボロボロの姿を、彼女にだけは見られたくなかった。

こんな情けない姿で再会なんか……絶対に、嫌だ。

biteのアジトを出て、なんとか出せる力を振り絞ってnobleの第２アジトに移動した。

『なあ、あれ……サラだよな？』

『俺、初めて見た……聞いてた以上だって……』

『ひとりで倒すとか……常人（じょうじん）離れしてるだろ……！』

興奮気味に話しているnobleの奴らに近づく。

『サラ……？　それが、あの子の名前なのか？』

俺の質問に、そいつらは悩むような様子をみせた。

『いや、本名ではないって聞いたけど……勝手に誰かがつけた通称だって』

通称……。

本名ではないって……変な話だ。

『本人も、事情があって本名は名乗らないらしい』

どんな事情があるのかはわからないけれど、知りたい気持ちが膨らむ。

いつか……俺はもっと頼もしい男になって彼女と再会するんだ。そして、その時は……本当の名前を教えてもらう。

俺の名前も……知ってほしい。

ケガが深いらしく、体の節々(ふしぶし)が痛んで仕方ない。

それでも、こんな痛み、いくらでも耐えてみせる。

この痛みを乗り越えた先にある、彼女の理想の人間になれるならば――。

スイーツ仲間

「……と、いうことがあってな」

　滝先輩の話に、私は身に覚えがありすぎた。

　あ、あのケーキ屋さんの男の子……！

　あの日は、友達からおいしいケーキセットのお店があると聞いて、あのお店に行った。

　けど、カップル限定でどうしようかと思っていた時に、目の前に男の子がいて……。

　まさか、あの男の子が滝先輩だったなんて……。

　で、でもたしか、身長は今よりずっと低かったし、尖っている雰囲気で、今の滝先輩からは想像もできない……！

「他の奴らは、俺がサラに一目惚れしたと思っているんだろうが、本当のきっかけは、今まで恥ずかしいと思っていた趣味を肯定してくれたことだった」

　滝先輩は、そう言ってふっと視線を下げた。

「彼女は本当に美しい人なのに、少しもそれを鼻にかけていなくて、ただ無邪気に笑う姿に惹かれたんだ。当時のスカした俺みたいな男にも、優しく微笑みかけてくれた」

　そんなふうに、思われていたんだ……。

「俺は……」

「……」

「彼女と再会するために、強くなったんだ」

　……っ。

「そう、だったんですか……」

　その言葉が本心であること、そして滝先輩が努力して今の自分を作り上げたことが伝わった。

　それと同時に、騙している罪悪感が募る。

　この話……絶対に私は聞いちゃダメだったよね……。

　滝先輩も、みんなには秘密って言っていたのに、どうして私なんかに話してくれたんだろう……？

「俺だけじゃない。同じような理由の奴らはたくさんいる。でも……再会を一番望んでいるのは俺だと、自惚れているんだ」

　そう言って微笑む滝先輩は、少しだけ恥ずかしそう。

　私も笑顔を返したけど、不恰好なものだったに違いない。

「それにしても……」

　滝先輩が、真剣な表情で、じっとこちらを見てきた。

「どうしてか……由姫が、サラにかぶる時があるんだ」

　……っ、え!?

　私はその言葉に、一瞬目を見開いてしまった。

　けれど、すぐに平静を装い、「私がですか？」と微笑む。

　ここで動揺すれば……認めているようなものだから。

　私の反応に、滝先輩は表情を崩した。

「なんて、そんなはずがないのにな」

　その表情から、疑いが晴れたことがわかって、バレないようにほっと胸を撫でおろす。

　あ、焦った……。

「ははっ、そ、そうですよ」

　ごまかすように笑って、クレープにパクッとかぶりついた。

　あれ……？　よく見ると、滝先輩が持っていたクレープはもうなくなっている。

「滝先輩、もう食べ終わったんですか？」

「ん？　ああ」

　は、早い……！

　私、まだ半分も食べてないっ……。

　待たせるのは申し訳ないから、急いで食べなきゃ……！

「由姫はゆっくり食べるといい」

「す、すみません……！」

　優しい言葉に感謝しながらも、できるだけ早く食べようと黙々と食べ進める。

「ふっ、ついているぞ」

　ん……？

　滝先輩が、柔らかい笑みを浮かべながら私のほうに手を伸ばしてきた。

　口元に、親指が触れる。

　えっ……！

　ホイップクリームがついていたのか、滝先輩はそれをぺろりと舐(な)めた。

「……っ!?」

　な、なめっ……！

　取ってくれたのはありがたいけれど、恥ずかしくて顔が熱くなる。

「どうした？　顔が赤いが……」

「な、何もありませんっ……」

　滝先輩は無自覚なのか、平然としている様子。

「由姫を見ていると癒されるな」

「え……？」

　突然言われた言葉に、クレープを食べる手が止まる。

　癒される……？

「小動物みたいだ。それに、お前からは不快な欲を感じないから一緒にいて居心地がいい」

　ほ、褒められているの、かな？

「そ、そうですか……？」

　よくわからないけど……一緒にいて居心地がいいと言われるのは、純粋にうれしい。

　私も滝先輩のことは好きだから、光栄な気持ちだ。

　私を見つめる瞳に……いつもはない感情が揺れていたことには気づかず、そう思った。

「うまかったな」

　クレープを食べ終えて、お店を出る。ふたりで、生徒会の寮へと帰る。

「はい……！」

「今日はありがとう、由姫。久しぶりに甘いものを食べることができて幸せだった」

　本当に幸せそうに笑う滝先輩に、自然とうれしい気持ちになった。

　ほんのお礼のつもりだったけど……喜んでもらえてよかったっ……。

「よかったらまた、スイーツ巡りとかしましょうね！」

「それはぜひ願いたいな」

「約束です！」

　新たなスイーツ仲間ができたことをうれしく思う反面、少しだけ……罪悪感も、同時に増した。

　滝先輩はサラを探しているのに……何も知らないふりをしてそばにいるのは……騙しているも同然。

　でも……言えない……。

「由姫？　どうした？」

「えっ……い、いえ、何もありません！」

　心配してくれたのか、顔を覗き込んできた滝先輩に慌てて笑顔を返した。

　今はまだ……バレるわけには、いかない。

　ごめんなさい、滝先輩……。

来るはずのない来客

滝先輩と一緒に寮へ帰り、その日はお風呂に入ってすぐに寝てしまった。

クレープを食べてお腹がいっぱいだったため、晩ごはんを食べるのも忘れてしまった。

生徒会室で昼寝をしたけど、いろいろあって疲れていたのか、それはそれはもうぐっすり眠った。

翌日。いつもどおり学校で授業を受け、放課後になって生徒会室へと向かう。

「お疲れ様です！　……あれ？」

中に入ると、昨日と同様に滝先輩と舜先輩の姿だけがあった。

他のみんなは……？

「ああ由姫、お疲れ」

「お疲れ様です。あの、舜先輩、他の皆さんは……？」

「蓮はまた理事長に呼び出されているらしい。南も、今日は学校も欠席していたからまだ実家にいるんだろう」

「そうなんですか」

今日も蓮さんと南くんには会えないのかな……。

寂しいなと思いながら、舜先輩から今日の仕事について指示をもらう。

仕事を整理して、さっそくデータのまとめから取り掛かることにした。

「由姫」

パソコンを立ち上げて、ファイルを開いた時、背後から滝先輩に声をかけられた。

「はい」

「さっきうまい焼き菓子をもらったんだ。あとで食べよう」

滝先輩の提案に、私は笑顔で頷いた。

「ありがとうございます……！」

わぁ、どんな焼き菓子だろうっ……！

「甘い茶葉も用意してある。昨日の礼だ」

そんな、昨日のは仕事をしてもらったお礼なのに……またお礼なんて。

滝先輩は律儀で優しい人だなぁ……と、お言葉に甘えることに。

よーし、お菓子のためにも、早く仕事を終わらせよう！

そう気合を入れた時、プルルルと、生徒会室内にある内線の電話が鳴り響いた。

対応したのは滝先輩で、電話を切るなり面倒くさそうにため息をついた。

「東、来週の他校との交流会について話があるそうだ」

それを聞いた舜先輩も、頭を押さえて大げさなくらいのため息を吐き出している。

「話があるなら向こうがこればいいだろう。どうして毎回、俺たちが職員室まで行ってやらなきゃいけないんだ、まったく……」

呼び出しかな……？

「由姫、すまないが行ってくる。ひとりにして悪いが少しだけ留守を頼む」

舜先輩に言われ、笑顔で頷いた。

「はいっ。いってらっしゃい」

ふたりとも、大変そうだなぁ……。

先生たちや外部からの対応は、おもに舜先輩と滝先輩が引き受けている。

南くんはおもにシステムやデータの管理をしているし、蓮さんには面倒くさい頭の使う仕事を押しつけていると舜先輩が言っていた。

生徒会室にひとりきりなんて、初めてだ……。

こうやってみると、本当に広いなぁ……生徒会室って、どこもこんな感じなのかな？

いや、私が前に通っていた高校は、もっとこぢんまりとした普通の教室だった……やっぱりこの学園が異常なんだっ……。

そんなどうでもいいことを思った時、コンコンと生徒会室の扉がノックされた音が聞こえた。

ん？　誰だろう……？

いつもは他の人が対応してくれるけど、今日は私しかいないから席を立って訪問者の元へ急ぐ。

「はーい！」

ゆっくりと、重たい扉を開けた。

「生徒会に何か……っ、え？」

扉の先にいた人物に、思わず息をのんだ。

どうして……。

——ここに、春ちゃんがいるの？

真実

【side春季】

「前の、私が大好きな春ちゃんに戻ったら……また、お友達になろうね」

「由姫……！」

　トンッと、首の側面を手刀で打たれた。

　意識が遠のくのを感じて、しまったと後悔する。

　待ってサラ……由姫。まだ話が……。

「……バイバイ、春ちゃん」

　最後に聞こえたのは、悲しげな声だった。

　待って……行かないで……。

　俺を……。

「……ゆ、き……！」

　そう叫んだのが先か、目が覚めたのが先かわからない。

　はっきりと意識が戻ったと気づいたころには、もうそこにサラの姿はなかった。

　代わりに……心配そうに俺を見つめる冬夜の姿が。

「大丈夫か？」

「……なんで、お前が……」

「非通知で連絡が入ったんだ。春季がここにいるって」

　非通知……？

　ゆっくりと起き上がる。俺はベンチで横になっていたらしく、あたりを見渡した。

いない……よな。

「こんなところで何してた？」

「……別に」

サラが、冬夜に連絡をしてくれたのか……。

って、どうしてサラが冬夜の連絡先を知っているんだ？

わからないけど……サラならきっと、fatalの奴と連絡を取ることくらい、いつでもできたんだろうな。

俺の愚行がバレたみたいに……サラに隠し事をするなんて端からできっこなかったんだ。

サラを俺以外から遠ざけて、邪魔な奴は排除して……そんなの全部無意味だった。

結局、俺には何も残らなかったんだから。

はっきりと、別れを告げられてしまった。

直接会ってわかったのは……その決断を、覆すことはできないということ。

自業自得だ……。

「その非通知の相手、追跡できなかったんだ。敵襲にでもあったのかと思った」

冬夜が、難しい顔をしながら言った。

相手はサラだから、追跡なんてできるわけない。

最後に言われた言葉を思い出す。

『前の、私が大好きな春ちゃんに戻ったら……また、お友達になろうね』

本当に……？

俺が昔の……サラを好きになったばかりのころの俺に戻ったら……また、会ってくれる？

その時はもう一度……俺に、チャンスをくれるだろうか。

わからないけど、はっきりと振られた今もサラを諦(あきら)める気は毛頭(もうとう)なかった。

こうなったのは俺のせいだから……ちゃんと悔(く)い改めて、サラに好きになってもらえる俺に戻ったら……もう一度、告白しに行こう。

だからサラ……待っててね。

サラに言われて、目が覚めたよ。

「……帰るぞ」

立ち上がり、冬夜に言った。

「え？　……ああ」

俺を見て、ひどく動揺している冬夜より先に歩き出す。

「春季？」

俺の一歩後ろを歩く冬夜に名前を呼ばれた。

「なんだ？」

「どうした？　なんか……変だけど」

「変ってなんだ」

「いや……なんていうか……」

言いにくそうに一度言葉を飲み込んでから、また口を開いた冬夜。

「……サラがいた時みたいな」

その言葉に、なぜか笑みがこぼれそうになった。

こんな一瞬でわかるほど、俺はどうしようもない状態だったのかと今さら気づく。

　サラに捨てられた今の状態よりも、何倍もマシなはずなのに……どうしてあんなに、何も見えなくなっていたんだろう。

　サラしか見てないと思っていたのに、俺はきっと、サラのことさえ見えていなかったんだ。

「なぁ」

「ん？」

「戻れると思うか？」

　俺の質問に、冬夜は『は？』とでも言いたげな顔をした。

「どこに？」

「……サラがいた時のfatalに」

　今は、あのころには程遠い。

　サラがいたころは……サラを軸に、みんな信念を持っていた。

　いつの間にか失っていたけど、またそれを取り戻せたなら……きっとサラも、戻ってきてくれる気がするんだ。

　今度こそ失わないために……俺は、変わらなければいけないんだ。

　冬夜は、一瞬驚いたように目を見開いたあと、久しぶりに俺に笑顔を見せた。

「戻れるよ。お前にその気があるのならだけど」

　……そうだな。

『あんまり人に迷惑をかけちゃダメだよ。春ちゃんはfatalのトップなんだから、みんなをしっかりまとめて守ってあげなきゃ』

　腐っても頭なんだから、俺次第だな……。

　その日は連日の寝不足を補うように、１日家で睡眠をとった。

　翌日、朝から冬夜と今後の方針を決めるために風紀室に籠(こ)もった。

　fatalのことを考えたのはいつぶりだろうと思うと同時に、俺は総長として何もしていなかったことを痛感した。

　こんなんじゃ、サラに呆れられて当然だ。

　夕方になり、夏目と秋人が入ってくる。

　別に授業を受けてたとかそういうわけではなさそうで、遊び帰りってところだろう。

「あれ？　春季がいるとか珍し……」

「しかも冬夜と話してるし、何、仲良しごっこかよ？」

　夏目が、バカにしたように笑った。

　……まあ、こいつに何を言われようが腹も立たねーけど。

「春季、nobleの特攻部隊を全滅させたらしいじゃん。派手にやったな～。まぁ、隊長の滝はいなかったらしいけど」

　一昨日の話をどこから聞き入れたのか、秋人がにやけ面で言ってきた。

「けっ、俺だってあんな雑魚(ざこ)集団、余裕で潰せるし」

「夏目はすぐに張り合おうとするなよ」

　……。

　正直、一昨日のことは思い出したくない。

サラに振られて自暴自棄になって、暴れまわって……今考えてもダサすぎる。

俺がサラだったら、そんな面倒くさい恋人はごめんだ。

というか……昨日どうして、あのタイミングで電話をくれたんだろう。

正直、昨日はもう退学にでもなんでも、なって構わないと思って暴れていた。

サラがあそこで止めてくれなかったら……本当に、退学になっていたかもしれない。

まるで、どこかで俺のことを見ていたかのようなタイミング――。

「なあ春季、今から謝ってこい」

俺がひとりそんなことを考えていると、冬夜が突然そんなことを言ってきた。

謝る……？

「生徒会室。今なら全員集まってる時間帯だろ」

……ああ、そういうことか。

冬夜の言葉に、何が言いたいかはわかった。

俺だけじゃなく、夏目や秋人も察したんだろう。

「……は？　なに言ってんの冬夜」

さっきまでだらしない顔をしていた秋人が、真顔に変わった。

夏目も、相当苛立っているのか眉間にシワを寄せている。

「nobleの奴らのこと……たぶん、相当引っかき回しただろうから」

　冬夜の言葉はもっともだし、昨日はケガ人も相当出た。

　見境(みさかい)なく片っ端から潰したから、ケガの具合もわからないほど。

　しかも、南が来ていたから、たぶんもう最終手段を取るところまできていたに違いない。

　noble……生徒会にとって俺は、害悪以外の何物でもないだろうな。

「良好関係を保つためだ。最近のお前の素行はひどかったからな、生徒会にどれだけ迷惑かけたか、考えればわかるだろ？」

　謝るという行為は、昨日までの俺なら死んでもしなかっただろう。

　他人に頭を下げるなんてごめんだ。サラ以外に、謝罪の言葉なんてくれてやる必要はない。

　でも……。

「……なあ、そういうのうざいって。つーか冬夜、お前nobleの奴と仲良しこよししすぎだろ」

　俺が返事をするよりも先に、夏目が横槍(よこやり)を入れてきた。

「ま、そこは同意。俺たち一応暴走族だよ？　なんで敵に媚びへつらわなきゃいけないわけ？」

　秋人まで入ってきて、ふたり揃って不機嫌そうに冬夜に詰め寄っている。

「うるせーぞお前ら」

　俺はそう言って、ソファから立ち上がった。

「これは俺の問題だ」

「は？」

「……行ってくる」

「……ちょっ、春季？　なに言ってんの？　どこに？」

驚愕（きょうがく）しているふたりは放って、冬夜のほうを見る。

「おい、生徒会室ってどこだ」

「任せろ」

すぐに、スマホにナビを送ってくれた冬夜。

校内を移動するのにナビを使うのはどうなんだと思いながらも、ありがたく使わせてもらう。

「嘘、だろ……謝りに行く気？　本気？　急にどうしたの？」

秋人が、ひどく動揺した様子でそう聞いてきた。

どうしたもこうしたも……変わらねーと、サラが戻ってきてくれないから。

「てめー……プライド捨てたか？」

相当キレているのか、夏目が鋭い瞳で俺を睨んだ。

プライド……。

「そうだな……余計なプライドはな」

もう、俺には必要ない。

『優しくて、正義感が強くて、みんなを守ってた真面目な春ちゃんに戻ってほしいよ』

サラがかっこいいと思ってくれる、俺に戻るだけだから。

「おい！」と引き止める声が聞こえたが、無視して風紀の部屋を出た。

……ここか。生徒会室。

ずいぶんでかい部屋だな……と、舌打ちがこぼれそうになった。

風紀とは大違いだ……。

まあ、生徒会は仕事量も桁違いだって冬夜が言っていたから、百歩譲って許してやる。

こんなことでいちいち腹を立てていたら、サラに小さい男だって思われそうだし。

いきなり入るのもどうかと思い、何度かノックをした。

すると、中から「はーい！」という女の声が聞こえた。

どことなく、サラに似ている声。

こんなところに……サラがいるはずないのに。

「生徒会に何か……っ、え？」

……は？

出てきたのは、メガネの地味女だった。

こいつ、なんで生徒会室に……。

俺を見るなり、驚いている地味女。こいつ……どこにでもいるな。

「どうしてお前がここにいる？」

「えっと……」

返事に困った様子で、視線を泳がせる女に昨日の冬夜の言葉を思い出した。

「……そういえば西園寺の女だったか……」

気に入ってるとかなんとか言ってたな。

「ち、違います……！」

……違うのか？

慌てた様子で否定した女。まあ、どうでもいいけど。

「nobleの奴らは？」

「今、みんな出払っていて……」

「すぐ戻ってくるのか？」

「は、はい……」

「じゃあ中で待つ」

「えっ……!?」

風紀の教室から相当歩いたし、また来んのは面倒だ。

驚いている地味女を無視し、勝手に中に入る。

近くにあったソファに腰を下ろし、することもなくスマホの画面を開いた。

暇だし……連絡先の整理でもするか。

遊び相手の女の連絡先を、片っ端から消していく。

もう、俺にはいらない存在だから。

連絡先に残ったのは、fatalの奴と親族と、サラのみ。

……うん、これでいい。

写真のファイルから、昔サラと撮った写真を開く。

この時は……まだfatalがNo.１だった時。

nobleからNo.１の座を取り返せば……サラも少しは振り向いてくれるだろうか。

サラに戻ってきてもらうことしか考えてない俺は、そんなことを思った。

……視界の端で、地味女がちらついている。

仕事をしているのか、パソコンに向かいひたすらキーボードを叩いていた。

　……ん？

　こいつ……声がサラと似てると思ってたけど……背丈も一緒くらいだな。

　よく見ると、動作のクセも似ていた。

　見れば見るほど、そいつの後ろ姿がサラと重なった。

　俺はその違和感に、いてもたってもいられず立ち上がる。

　急に立ち上がった俺に、女が驚いた様子で振り返った。

　──俺は、どうして今まで気づかなかったんだ。

　頭に、鈍器（どんき）で殴られたような衝撃が走った。

　嘘、だろ……。

　こいつの動きのひとつひとつに、見覚えがありすぎる。

「ど、どうしたんですか……？」

　その声は──昨日聞いたものと、同じだった。

　電話ごしに毎日聞いていた声と、重なった。

「サ、ラ……？」

「……っ、え？」

　目の前の女が、あからさまに動揺したのがわかる。

　俺はゆっくりと、女のほうに近寄った。

　髪色が違う。メガネだって……サラは視力がいいからつける必要はない。

　まだ、確信はない。

　でも……もうそうとしか思えない。

　相手が戸惑っている隙をついて、メガネに手を伸ばした。

「あっ……」

隠れていた素顔があらわになって……俺は息をのむ。

そこにあったのは――紛れもなくサラの姿だったから。

「なんで……サラが、ここに……」

俺は……どこまで救いようのないバカなんだろう。

ずっと会いたくてたまらなかった。

その相手が……。

――こんなに近くに、いたなんて。

ROUND＊11
募る寂しさ

願いは届かない

「なんで……サラが、ここに……」

　メガネを外され、素顔を見られてしまった。

　私は顔を隠すように下を向いて、春ちゃんからメガネを奪い返す。

「……っ、だ、誰のことですか……」

　素顔をばっちり見られた以上、苦しい言い訳だとは自分でも思うけど、私にとって今、春ちゃんは一番バレたくない人だったから。

　最悪だ……。

　油断、してしまったっ……。

　春ちゃんも、いったいどうしてわかったんだろう……。

　……いや、よく考えたら、わかって当然だよね。

　ここに来る前は……当たり前に、気づいてくれるって思っていたんだから。

「……サラ」

　春ちゃんは、私を見つめながら震える声で名前を呼んできた。

　自責(じせき)の念(ねん)に駆られているような、申し訳なさそうな声色にいたたまれなくなる。

　バレて、しまった……。

　どうしようと思っていると、突然春ちゃんに手を強く引かれた。

そのまま、体を引き寄せられる。

「……っ」

抵抗する間もなく、抱きしめられた。

「ごめん……俺……」

このごめんは、気づかなかったことへの謝罪……？

そんなの、必要ないのに……。

まさかさよならをしたその翌日に、正体がバレてしまうなんて……私は間抜けだ。

「離して」と言おうと思った時、タイミング悪く生徒会室の扉が開いた。

慌てて視線を移すと、入ってきたのは蓮さんだった。

「……っ!?」

私と春ちゃんの姿を見るなり、血相を変えて駆け寄ってきた蓮さん。

……え？

蓮さんは春ちゃんを目にも見えない速さで殴り、殴られた春ちゃんはそのまま倒れてしまった。

は、春ちゃん……！

「……っ」

相当痛かったのか、春ちゃんは殴られたところを押さえながら痛みをこらえている。

駆け寄ろうとしたけど、先に蓮さんに抱き寄せられた。

「……お前、由姫に、何やってんだ？」

聞いたことのないような低い声で、倒れている春ちゃんを睨みつけている蓮さん。

　その表情に、私でさえもゾッとした。

　春ちゃんが、ゆっくりと起き上がって、なぜかハッと鼻で笑った。

「そうか……由姫って……あの双子が言ってた時点で気づくべきだった……。やっぱり……あの電話に出たのは、お前だったのか」

　……電話？

「あ？」

「サラの……由姫の電話に出ただろ」

「……!?」

　どういう、こと……？

　春ちゃんの言葉の意味がわからず、私は無言で蓮さんのほうを見る。

　蓮さんは……目を見開き、驚愕の表情を浮かべていた。

「お前が……由姫の、前の恋人なのか？」

「……ああ」

　あっさりと答えてしまった春ちゃん。

　私の心臓は、バクバクと異様なほど音を立てていた。

　蓮さんに……すべて、バレてしまう……。

「……天王寺の恋人は、サラって女だろ？」

　目をキツく閉じて、どうか気づかないでと願った。

　でも……頭のいい蓮さんが、そこまで考えて気づかないはずがない。

「舜から、１回聞いたことがある。桃色の髪がキレイで、って……」

恐る恐る目を開けると……蓮さんが茫然自失の表情で、私を見つめていた。

「由姫……お前が、サラっていう女なのか？」

……っ。

私は否定も肯定もできずに、ただ蓮さんから視線を逸らした。

困惑

【side蓮】

親父に呼び出され、雑用を手伝わされていた。

普段なら無視をするが、なんだかんだ俺との時間を作ろうという親心故だとはわかっていたため、仕方なく手伝ってやった。

理事長室にある書物の整理だったが、その雑用の量が多すぎて１日では終わらず、今日は昨日の残りを早急に終わらせ生徒会室に向かった。

昨日は由姫と会えなかったからな……ちっ、もう当分親父の呼び出しは無視だ。

早く由姫に会いたくて、急いで生徒会室に来た俺の視界に飛び込んだのは……天王寺に抱きしめられている由姫だった。

どういう光景だ、これは……。

意味がわからず、一瞬自分の目を疑った。

カッと頭に血が上り衝動的に殴ったが、ふたりの話を聞き、俺はますますわけがわからなくなった。

「サラの……由姫の電話に出ただろ」

由姫が……サラ？

俺は、そのサラという女に会ったことはなかった。

だが、知っていた。他人に無頓着（むとんちゃく）な俺でさえ。

それほど……サラという存在は、有名だった。

——nobleの人間がみんな、口を揃えて探していたから。

舜も滝も、南も新堂も……血眼（ちまなこ）になってサラという女のことを探していた。

それがまさか……由姫だったなんて。

しかも……別れた恋人が、fatalの頭とか……。

頭が痛くなってきた……。

「ごめん、なさい……」

由姫が、泣きそうな声で言った。

謝罪なんかいらないのに、なんて言ってやればいいのかわからなかった。

由姫が嘘をついていたとか、そんなことは思わない。

ただ……隠されていたことは、ショックだった。

誰も口を開こうとはぜず、異様な空気が流れていた。

それを破ったのは……生徒会室の扉が開く音。

「戻ったぞ……っ、天王寺？」

入ってきたのは、舜と滝。

ふたりとも、生徒会室に天王寺の姿があることに驚いている。

「どうしてお前がここに……」

俺はもう何も話す気にならず、というか頭の整理が追いつかず、黙り込む。

「一昨日と、最近の俺の行動について、詫（わ）びを入れに来ただけ」

「……ああ、そういえば鳳が言っていたな。だとしても、この状況はなんだ？」

「……何もない。邪魔して悪かったな」

それだけ言って、生徒会室を出ていった天王寺。

「まさか本当に謝罪に来るとはな……」

「そうだな。大丈夫かふたりとも、何もなかったか？」

舜の言葉に、由姫はこくこくと頷いている。

なんとか笑顔を浮かべているが、無理をしているように見えた。

俺の反応が怖いのか、俺と視線を合わせようとしない。

「理事長の話はなんだったんだ？」

これ以上、今……ここにはいられない。

そう思って、俺は舜の質問に適当な言葉を返した。

「……たいした話じゃない。それより……何日か生徒会空けっから」

「……は？」

「追加で親父に用事を頼まれた。……じゃあな」

「お、おい、待て……！」

引き止める声さえ無視をして、生徒会室を出た。

ひとりになって、考えたい。とにかく整理させてくれ、この状況を。

もう、意味がわからない……。

由姫が隠していた理由は？　舜たちはどうして気づかない？　変装してても好きな女なら気づくだろう普通。

あの様子だから、気づいてないとしても──気づいてしまったら、どうなる？

俺はあいつらが必死に探している、恋いこがれている奴を、知らなかったとはいえ好きになった。

由姫は……どこまでわかってるんだ？

きっと悪気はなかったんだろう。事情があって、言えなかったのかもしれない。

聞きたいことがありすぎて、今由姫のそばにいてはいけないと思った。

きっと、問い詰めてしまう。困らせてしまう。

「はぁ……」

どうすればいいんだよ……。

誰もいない廊下で、しゃがみ込んで頭をかかえた。

つーか、一番気になるのは……。

――なんで生徒会室で、抱きしめられていたんだ。

別れたんじゃなかったのか？　あの男のことが……まだ好きなのか？

天王寺の顔を思い出して、また殴りたくなった。

浮気をされても……やっぱり、あいつがいいのか？

わからないことが多すぎて、俺はもうデカいため息を吐き出すことしかできなかった。

あんな男はやめろと、引き剥がしてしまいたい。由姫からあいつを遠ざけたほうがいいに決まってる。でも……それは俺のエゴなのか？

俺は……由姫のために、どうしてやればいいんだ。

唯一わかることは、この感情を由姫に押しつけてはいけないということと……。

そして今の俺は……由姫のそばにいないほうがいいということだけだった。

見失った居場所

　蓮さんが生徒会室を出ていった。それを見て、泣きたくなった。
　嫌われた……。
　隠していたこと、幻滅（げんめつ）されたに違いない……。
　蓮さんたちにとって実質、fatalは敵。そのトップと付き合っていたなんて……きっと、軽蔑されたに違いない。
　抱きしめられているところも見られて……愛想を尽かされてしまっただろう。
「あのバカ……また勝手なことを……」
「蓮が当分いないなら、忙しくなるな」
「まったくだ……」
　きっと、用事ができたっていうのも嘘だ……。
　私の、せいで……。
　責任を感じて、蓮さんにも舜先輩たちにも申し訳なくなった。
「あと、さっき南からも連絡があった。今日も戻れそうにないらしい」
「仕方ない……由姫、今日は３人で頑張ろう」
「は、はい」
　せめて今は、蓮さんの抜けた穴を埋められるようにしなきゃ……。
　もしこのまま……蓮さんが戻ってこなかったらどうしよ

う……。

いなくなるべきなのは蓮さんじゃなくて、私のほうなのに……。

蓮さんの居場所を奪ってしまったみたいで、罪悪感が込み上げた。

「どうした、元気がないな」

心配して顔を覗き込んできた舜先輩に、慌てて笑顔を向ける。

「い、いえ……！」

「しんどかったら、いつでも言うんだぞ？　無理はするな」

いけない……迷惑をかけた上に、気まで使わせて……。

『お前の居場所はnobleにあるからな』

蓮さんに言われたセリフが、脳裏をよぎった。

やっぱり、nobleには……生徒会には、いないほうがいいのかも、しれない……。

「舜は、由姫に対しておじいちゃんみたいだな」

「誰がおじいちゃんだ」

舜先輩と滝先輩の会話に、なんとか返した笑顔は、きっといびつなほど引きつっていただろう。

その日……再び蓮さんが生徒会室に戻ってくることはなかった。

寮に帰ってきて、ごはんの支度をする。

無意識のうちに、ため息ばかりが溢れていた。

どうしよう……これから……。

蓮さんに謝りに行きたいけど、なんて説明していいかわからない。

今は私が何を言っても……きっと言い訳にしかならないと思った。

ごはんを食べてお風呂に入って、することもなくベッドに横になる。

なんだか目も冴えてしまって、ぼうっと天井を見つめた。

……あれ、電話だ……誰からだろう。

スマホが震えて、慌てて画面を開く。

非通知……？

誰からだろうと思ったけど、緊急の連絡だったら困るから、すぐに通話のボタンを押した。

「はいもしもし」

《……サラ？》

春ちゃん……？

《急にごめん。お願いだから切らないで。ちょっとだけ話したい》

とっさに電話を切りそうになったけど、そうお願いされ踏みとどまる。

「……うん」

春ちゃんも……気になることはたくさんあるよね。

だって、九州にいるはずの私が同じ高校にいたんだから、きっとすごく驚かせてしまっただろう。

しかも、変装した私とは面識もあるんだから……。

《サラは、どうしてこの高校に来たの？》

春ちゃんは、その質問の答えはわかっているはずだ。

ただ、言葉にして確認したいのだろうと思った。

正直に答えるのもどうなんだろうかと思ったけど……もうバレてしまった以上、隠すほうが変に思われるかもしれない。

「……春ちゃんと、同じ高校に通いたかったからだよ」

私は電話ごしに、もう伝えることはないと思っていた真実を話した。

水面下で動き出した恋

【side春季】

《……春ちゃんと、同じ高校に通いたかったからだよ》

　はっきりと言われ、下唇を噛みしめた。

　サラは……俺のために……。

　生徒会室で、地味だと思っていた少女が由姫だったことに気づいた。

　すぐに風紀室に戻り確認すると、2－Sの名簿にはっきりと、“白咲 由姫”の文字が。

　間違いなく……サラの本名だった。

　俺は今まで気づかなかった自分を、殴り殺してやりたくなった。

　あの日……突然サラが風紀の教室に来た日のことを思い出した。

　あれは……きっと、見つけてもらうために来たんだ。

　fatalの奴らに……俺に。

　それを俺は……。最低な言葉を吐いた記憶しかなく、サーっと血の気が引いた。

　どうしてサラが俺の現状を知っていたのか……ずっと謎だった疑問が、すべて明らかになった。

「どうして、変装なんて……」

　わざわざ、よくわからないメガネと、髪も何かかぶっていたのはどうしてなんだ？

あまりに入念な変装に、俺もまったく気づけなかった。

《お父さんからの条件だったの。西園寺学園に通うならこれをつけなさいって》

……そういうことか……。

サラの話を聞くに、サラの家族は相当な過保護。

まあ、あんなにかわいい娘がいたら当然過保護になるだろうけど。きっとこんなかわいいサラを、悪評高い西学に入れるのはためらわれたんだろう。

《別に責めるつもりはまったくないんだけどね……春ちゃんはきっと気づいてくれるだろうから、びっくりさせようと思って……》

……っ。

サラの言葉に、俺は何も言えなくなった。

そうだ、悪いのはサラでも変装でもない。気づかなかった俺だ。

《風紀の教室があるって、そこにfatalが集まってることを教えてもらって向かったの。そしたら……みんな変わってて……》

そう話すサラの声は、ひどく悲しそうに聞こえた。

あの時、俺だけではなく秋人や夏目も、相当汚い言葉を投げていた。

俺たちの……サラの前だけの優しい部分しか知らないサラにとっては、衝撃だっただろう。

まさか本人の前で本性を晒(さら)け出していたなんて……。

できることなら……あの日からやり直したい。

ぐっと、スマホを握る手に力を込めた。

聞きたいことは、まだ山ほどある。

「生徒会に入ったっていうのは、どうして？」

生徒会は、nobleで形成されている組織。

いわば、俺たちの敵だ。

《舜先輩……わかるよね？　たくさんよくしてもらってて、それで、入らないかって提案してもらったの。その時は、生徒会がnobleだって知らなくて》

そうだったのか……。

「nobleの奴らに、こき使われたりしてない？」

《そんなことまったくないよ。みんな優しい人ばっかりで、本当にいい人たちばかりだから》

いい人？

nobleは、たぶんサラがいることに気づいていない。

それは……さっき、西園寺の反応を見て察した。

サラではなく、白咲由姫を気に入ったんだろうあいつは。

正直、その点では完敗だった。

もちろん今は、サラの中身も全部が愛しいけど、好きになったきっかけは容姿だったから。

サラの中身を好きになった西園寺は……見る目があると思わざるを得ない。

……譲るつもりは、少しもねーけど。

「nobleの奴らと、仲良くなったんだね」

《うん。私のこと、仲間だって言ってくれた》

「でも、サラは俺たちの仲間……いや、ごめん……」

言いかけてやめた。自分には、この先を言う権利はないから。

わかってるけど……でも、サラがnoble側にいるのはどうしても許せない。

サラは、fatalの人間だ。

nobleなんかに、奪われてたまるかよ……。

「俺やっぱり諦められない」

サラだけは……渡せない。

「これから……また信頼してもらえるように頑張る。だから……もう１回、チャンスが欲しい」

俺、変わるから。だから……もう一度だけ信じて。

本当は変わってから、ちゃんとfatalをNo.１の座に戻して改めて告白しに行こうと思っていた。

でも、サラがこんなにも近くにいるとわかって、状況が変わった。

No.１になる前に……nobleの誰かに奪われかねない。

とくに、西園寺蓮。あいつに奪われる前に……サラの心を取り戻さないと。

《……それは、今は無理だと思う……》

わかってはいたけど、はっきりと言われるとダメージが大きかった。

無理……か……。

でも、そんな言葉で片づけさせない。

「ねえ、明日のお昼ごはん、屋上で一緒に食べよう」

《え？》

「来てくれなかったら、教室に迎えに行く。じゃあ待ってるね」

俺は一方的に言って、通話を切った。

こう言えば、サラが来てくれるのはわかっていたから。

教室に俺が行けば目立ってしまう。サラが正体を隠して学生生活を送っているならなおさら、俺と関わりがあることは隠したいだろう。

脅(おど)しに近いかもしれないが……手段を選んでいられなかった。

絶対に……サラを奪い返してみせる。

nobleから……西園寺蓮から。

俺はひとり、そう執念を燃やした。

気まずいランチタイム

翌日。

結局、あれから蓮さんとは話せていない。

私も家に押しかける度胸はなく、連絡もする勇気が湧かなかった。

ちゃんと話さないといけないとわかっているのに……どんな反応が返ってくるのかを想像すると、怖い。

蓮さんはいつも優しいから……拒絶されると思うと、怖くて身動きが取れなくなってしまった。

私は……意気地(いくじ)なしだ……。

一方、春ちゃんとは……なぜかお昼ごはんを一緒に食べることになってしまった。昨日電話がかかってきて、否応(いやおう)なしに電話を切られてしまったから。

重たい気持ちのまま、学校に向かう。

教室についてみんなに挨拶をし、席についた。心配をかけないように、元気なふりをする。

「なんか、久々に平和だな」

突然海くんがそんな話を始めて、なんのこと？と聞き返した。

平和？

「いや、最近fatalとnobleの関係が悪かったから、いつでも応戦できるようにって言われてたんだよ。まあ、昨日取り下げになったんだけど。もう平気だって言われて」

　もしかして……。
「うちの総長さまが、なぜかご機嫌だからな……」
　やっぱり、春ちゃんが大人しくなったから？
　華生くんの言葉に、ご機嫌？と、また聞き返す。
「気持ち悪いよね」
「どういうこと？」
　同意した弥生くんに、海くんも不思議そうにしている。
　拓ちゃんは興味がないのか、つまらなさそうにしていた。
　華生くんは、何やら大きなため息をついて、苦虫を噛み潰したような顔で答える。
「今まで挨拶しても無視だったのに、昨日『……お疲れ』とか言われたからビビッた」
　寒気でもしているのか、両手で自分の体を抱きしめている華生くん。
「普通に冬夜先輩と話し合いしてるし、なんだったんだろうなあれ……」
　弥生くんも、同じように真似(まね)している。
　あはは……挨拶しただけでこんなに言われるなんて、なんだかちょっとかわいそう。
　でも、春ちゃんは、ちゃんと変わろうとしてくれてるんだな……。
　それは、純粋にうれしかった。
「ま、他の幹部ふたりは相当苛立ってるみたいだけど」
　幹部ふたりって……秋ちゃんとなっちゃん？
「fatalの幹部って、お前たちと鳳先輩と、あと誰だっけ？」

「お前……なめてんのか……!!」

　首をかしげた海くんに、弥生くんが掴みかかった。

「別にあのふたりの名前知らないのはいいけど、fatalの幹部くらい覚えとけよ!!」

　華生くんも激怒している。どうやら、舐められていると受け取ったらしい。

　海くんも悪気はなかったのか、あははと笑っている。

「顔はわかるって、色男っぽい人とちっさい人だろ」

　ざ、ざっくりしすぎな気が……。

「はぁ、もうお前は喋るな。黙ってろ」

「由姫～、こいつといたらバカが移りそうだよ～」

　甘えるようにすり寄ってきたふたりに、苦笑いを返した。

「離れやがれ……!!」

「い、いでっ!!　離せよ氷高!!」

「お前らが離れろ……!!」

「僻(ひが)むなよ……!!」

「僻んででねーよ!!」

　な、何はともあれ、平和が戻ってよかった。

　いつものようにじゃれついている？　3人が微笑ましくて、海くんと見守った。

　お昼休みになり、お弁当を持って立ち上がる。

「あ、あの、今日は生徒会で食べることになったの」

　う、嘘だけど……。

　さすがに春ちゃんと食べます、とは言えない。

「「えええ!!」」

弥生くんと華生くんが、声を揃えた。

「なんで？」

「仕事のことについて話すから……ご、ごめんねっ」

拓ちゃんにそう返事をすると、残念そうな表情に変わる。

「昼休みまで由姫を独占する気かよあいつら……！」

「許せないいいっ……」

悔しそうに歯を食いしばっているふたりに、もう一度「ごめんね……」と謝った。

「あ、明日はいつもどおり一緒に食べようね。行ってきます！」

手を振って、教室を出る。

重たい足取りで、屋上へと向かった。

本当は会わないほうがいいんだろうけど、教室に来られるのは困る。

ちゃんと会って、こういうことはやめてって伝えないと。

屋上の扉を開けると、奥に駅にある待合室のようなガラス張りの部屋があった。

拓ちゃんに連れてこられたことがあるけど、その時は気づかなかった……ど、どうしてこんなところにこんなものがあるのっ……？

中で待っていた春ちゃんが、駆け寄ってきた。

「サラ……！」

すぐに、人差し指を口に当て、しー！という動作をした。

「そ、その名前はダメ……！」

屋上には見る限り誰もいないけど……校内でその呼び方は禁止っ……。

「あ、ごめん……！　ゆ、由姫」

春ちゃんは改めて私の名前を呼んで、にっこりとうれしそうに笑った。

「来てくれてありがとう」

「こっちでごはん食べよう」と、ふたりで小さな部屋に入る。

秋風が冷たかったから、室内で食べるような形になり風よけとしてありがたかった。

お金持ち学校は、変わったものばっかりあるなぁ。

「昨日は……急に電話してごめんね」

私の顔色をうかがうように、謝ってきた春ちゃん。

「私も、着信拒否しててごめんね。春ちゃんと距離を置きたかったの」

「……うん、わかってる」

悲しそうに微笑む春ちゃんに、なんともいえない気持ちになった。

気まずさを紛らわせるように、お弁当を広げる。

「あっ、由姫お弁当……？」

「うん。春ちゃんはパン？」

春ちゃんが持っているのは、紙パックのココアと菓子パンがふたつ。

「学食行くの面倒だし、いつもこればっかり食べてる」

そう話す春ちゃんが嘘をついていることは、すぐにわかった。

「本当は、甘いもの苦手でしょう？」

「えっ……」

　春ちゃんが、無理をして私とスイーツを食べに行ってくれていたこと、もうわかってる。

「隠さなくていいよ。もう無理しないで」

　そう伝えると、春ちゃんはまた「ごめん……」と口にして、視線を下げた。

「たまには食堂で、栄養バランスのとれた食事も食べたほうがいいよ」

　たぶん、市販のもので済ませているのは本当だろうから、春ちゃんの健康が心配だ。

「うん、由姫が言うならそうする」

　どうしてそんなにうれしそうなんだろう……？

「なんか……緊張する。由姫と学校で、昼ごはん一緒に食べるとか……」

　言葉どおり、春ちゃんは落ちつかないのかそわそわしていた。

　そういえば……こうしてふたりでゆっくり過ごすのも、いつぶりだろうなぁ……。

　恋人ではない春ちゃんと一緒に過ごすなんて、不思議な感じだ……。

　でも、本来はこうしたかったのかもしれない。

　この学園に来た当初は……春ちゃんと過ごすことを楽しみにしていたから。

「春ちゃんとこんなふうに学園生活を送るの、夢だったよ」

　とくに意味はなくした発言だったけれど、春ちゃんは私のその言葉に動揺を見せた。
「……っ」
　あれ……？
　顔を歪め、今にも泣きそうな春ちゃんに首をかしげる。
「俺、だって……」
　あ……もしかして、失言だったかな。
「ごめん、由姫……っ」
「ち、違うよ、責めてるわけじゃないからね……！」
　私は春ちゃんに謝ってほしいなんて少しも思っていないし、そんな顔させたいわけじゃない。
「ごめんね、過去の話をして……」
「由姫にとってはもう、俺って過去……？」
　……え？
　眉の両端を下げながら、春ちゃんがじっと見つめてくる。
　私は正直に、頷いた。
「……うん」
　もう、過去だよ。
「どうしたらまた、俺のこと見てくれる？」
「……春ちゃん……」
「俺、もう一度、由姫に好きになってもらえるならなんでもする……！」
「……やめよう、こんな話するの」
　春ちゃんには悪いけれど、未来の話はしたくない。
　私は、今は春ちゃんとの未来は考えられないって、伝えたはずだから。

「これからはお昼休み、一緒に食べたい。ダメ？」

「春ちゃんといたら目立つから……」

「バレないようにする。普段話しかけたりもしない。だから……お願い」

それは……まるで脅しだ。

私としては、春ちゃんと関係があることがバレるのは避けたい。

だから、そんなこと言われたら断れないに決まってる。

春ちゃんだって、わかっていて言っているんだ。

今日、私をここに誘った時もそう。……春ちゃん、どうしてそんなに意地悪ばっかりするの？

「それ、脅しみたいだよ、春ちゃん」

「っ、え……」

春ちゃんの顔が、しまったと言わんばかりに青ざめた。

「そんなことされても、私は春ちゃんのこと……苦手になるだけだよ？」

卑怯な手……というのは言いすぎかもしれないけど、春ちゃんのそんな策には乗りたくない。

春ちゃんのこと、これ以上苦手になりたくないよ。

「ご、めん……もう言わないから、許して……」

懇願するように言った春ちゃんに、「うん」と頷いた。

わかってくれたならいいの。

「お、俺……もっとちゃんと好きになってもらえるように努力するから」

「……うん」

春ちゃんが、変わろうとしてくれているのは伝わっているよ。

この前だって、ちゃんと私の言うことを聞いてくれたもんね……。

このまま……純粋に友達に戻れる日が来るといいなと思いながら、ぱくりと卵焼きを食べた。

芽生え

お昼ごはんを食べ終わり、お弁当箱を片す。

春ちゃんとは、昨日ふゆくんとこんな話をしたとか、これからのfatalの話とかをして、残りの時間を過ごした。

そして、いくつか約束も交わした。

まず、校内では話さないこと。

サラということを隠すためと、華生くんと弥生くんにも説明がつかなくなるということを説明すると、春ちゃんは納得してくれた。

次に、私がサラであることを話さないこと。

これはなぜか、春ちゃんから提案してきてくれた。校内にはサラのことを知る人も多いから、バレたら厄介だろうって。

そして……むやみな暴力は振るわないこと。

少しでも、fatalがいいチームに戻ってくれたらいいな。

「戻ろっか？」

そろそろ教室に行かなきゃ、予鈴が鳴っちゃう。

「うん……」

名残惜（なごりお）しそうにしながら、立ち上がった春ちゃん。

「もっと由姫と一緒にいたかった……」

「ありがとう」

「また会ってくれる？」

恐る恐るそう聞いてきた春ちゃんに、苦笑を返す。

「約束はできないけど」

春ちゃんが元の春ちゃんに戻ってくれたら、大歓迎だ。

友達として……だけど。

今の私には、春ちゃんへの未練は残っていなかった。

だから、あんまり期待させるようなことをするのも酷だと思った。

春ちゃんが私のことを想(おも)ってくれていたのはうれしいけど……今は素直に喜べない。

「由姫に会ってもいいよって言ってもらえるように……俺、頑張るから！」

真剣な表情でそう言った春ちゃんに、何も言わずただ一度だけ頷いた。

屋上を出て、階段のところで別れようとバイバイを言う。

先に行こうと思った時、手を掴まれ引き止められた。

……どうしたんだろう？

「ねえ由姫。もし……今、fatalとnobleの間で抗争が起こったら……由姫はどっちの味方につく？」

どうしてそんな質問をするんだろう……。

私の反応が怖いのか、下を向いたままそう尋ねてきた春ちゃん。

その問いに関する答えは……決まっていた。

「ごめんね」

変わり果てたみんなを見てショックを受けていた私を、nobleの人たちが温かく迎えてくれたの。

だから……恩がある。返しても返しきれないくらい。

そのくらい、救われたから。

春ちゃんは私の返事にショックを受けたのか、びくりと肩を震わせた。

「……っ。ううん、変なこと聞いてごめん」

笑顔を浮かべているけど、全然笑えていない。

ごめんね……。

「でも、これだけは覚えてて」

「え？」

「由姫の居場所は……fatalに残ってるから」

春ちゃんは、まっすぐに私の目を見つめながら、掴んでいる手に力を込めた。

「みんな、待ってるから」

そ、そんなふうには見えなかったけど……言葉はありがたい。

「ありがとう」

口元を緩め、笑顔を返した時だった。

階段の下から足音が聞こえ、視線を向ける。

現れたのは……。

「あっ……」

……う、嘘……。

「れん、さん……」

春ちゃんに掴まれていた手を、慌てて離す。

蓮さんは私たちを見て一瞬目を見開いたあと、感情の読めない表情に変わった。

　そのまま私たちに背を向け、来た道を戻ってしまった蓮さん。

　……今の、誤解されたかな……。

　また、しがらみが深まってしまった……。

　蓮さんには春ちゃんと別れたことは伝えたから、きっと軽い女だと思われたに違いない。

　屋上でこそこそ会うような真似なんかして……言い訳も思いつかなかった。

「由姫は、あいつのことが好きなの？」

「っ、え？」

　何を思ったのか、春ちゃんの言葉に驚いて顔を上げる。

　好きって……それはもちろんだ。

　いや、この場合の好きは、きっと恋愛感情的な意味でってことだよね。

　なぜか、返事が思い浮かばなかった。

　違うと言おうとしたけど、うまく言葉が出ない。

　私は……。

　蓮さんのことが、好き……？

　違う、まだ断言できるほどじゃ……って、これじゃ少しは好きになってるみたい。

　……ううん、みたいじゃない。

　春ちゃんに言われて初めて気づいた。

　私……蓮さんのことが、気になり始めているんだ。

　だから、春ちゃんといるところを見られて、誤解されたと思って悲しんでいるんだ。

「やっぱりそうなんだ……」

「ち、違うよ！　とにかく、授業が始まるからもう戻るね……！」

　言い逃げするように、教室へと走り出した。

　どうしよう……私、なんて女だ……。

　春ちゃんと別れたばかりなのに……もう別の人を気になり始めているなんて……。

　こんなの、もっと軽蔑されるに違いない。

　芽生え始めた気持ちに必死に蓋（ふた）をするように、胸をぎゅっと押さえた。

舜先輩の裏の顔

「お疲れ様です」

蓮さん……やっぱり、いないよね……。

生徒会室に入り、真っ先に蓮さんの姿を探した。

けれど、いるはずもなく、肩を落とす。

蓮さんに惹かれていることを自覚して、罪悪感も一層増して……でも、どうすることもできない。

避けられているのは確実だろうから、会うこともできない。

全部、自業自得だ……。

「お疲れ由姫」

「お疲れ様です」

舜先輩と滝先輩に挨拶をして、席につく。

そういえば、南くんもいない。ここ数日、姿を見ていないなぁ……。

「あの、南くんは……？」

滝先輩にそう聞けば、「ああ」と答えてくれた。

「南は当分実家にいるそうだ。母親に捕まっているらしい。連絡はなかったか？」

連絡……？　あっ、そういえば……！

チャットを見ていなかったから、慌てて新着メッセージを確認する。南くんからのメッセージを見つけて、急いで開いた。

《由姫〜！　僕今自分の家にいるんだけど、家の手伝いで数日帰れそうにないんだ……！　何か困ったことがあればいつでも電話してね！》

わっ……返事しとかないきゃ。

それにしても、お家の手伝いってなんだろう……？　南くんのご実家……なんだかすごそうだけどっ……。

「主力のふたりが欠席だからな……由姫に手伝ってもらうことも増えると思うが、無理はしないでくれ」

舜先輩の言葉に、深く頷いた。

「はい」

蓮さんがいないのは、私のせいだから……弱音なんて吐いていられない。

今はとにかく、与えられた仕事をきっちり片づけなきゃ。

パチパチと両頬を叩いて、気合を入れる。

今は……落ち込んでいる暇じゃないよね……。

作業を始めようと思った時、後ろから大きな手が伸びてきた。

「由姫、ココアだ」

コトッと、私の机にマグカップを置いてくれた滝先輩。

「あ、ありがとうございます……！」

「蓮がいない間は、俺が入れよう。仕事がきつかったら手伝うから、いつでも言ってくれ」

優しく微笑んでくれた滝先輩に、心が癒された。

あの日から、滝先輩とはとくに仲良くなれた気がするけど……本当に、よくしてもらってばかりだ。

私も……力になれるように、頑張るぞ……！

ふたりが来なくなって、３日がたった。

生徒会はなんとか回っているけど、ギリギリの状態だ。みんな慌ただしくしていて、余裕がない状況だった。

蓮さんが来なくなって……一番影響を受けているのは舜先輩だ。

「この資料、打ち込みのミスがある。修正してコピーし直せ」

「は、はい、すみません……！」

蓮さんがしていた仕事に加え、以前春ちゃんが起こした暴行事件の処理にも追われているらしい。

あの時けが人が多く出たから、生徒会終わりにはお見舞いにも行っているみたいで、いつ休んでいるのか不思議なくらいだった。

「舜、手伝うことはあるか？」

滝先輩も舜先輩を心配していて、いつもそう声をかけている。

「……いや、今は平気だ」

舜先輩はそう言って、メガネを外した。

疲れた様子で、目元を押さえている。

「……クソ、蓮の奴。理事長の手伝いとやらはいつになれば終わるんだ」

その言葉に、一瞬ドキッとする。

それが嘘だと、知っているから。

蓮さんが来ないのは、理事長に手伝いを頼まれたからじゃないと思う……ただ、私に会いたくないだけ。

「生徒会の仕事だけならなんとか回せるが……厄介な奴らも湧き出したからな」

「厄介な奴ら……？」

首をかしげた私に、滝先輩が説明してくれた。

「fatalの総長が暴力事件を起こしただろう？　そのあと、天王寺が大人しくなったのはいいが……その影響で血の気の多い奴らが暴れているらしいんだ」

「その影響っていうのは……？」

「天王寺を支持していた輩(やから)にとっては、大人しくなった総長っていうのは面白くないみたいでな……」

なるほど。代わりに……って言い方もおかしいけど、気に入らなくて暴れてる人がいるんだ……。

舜先輩が、「はぁ……」と深いため息をついた。

「しかもそいつらの標的はnobleの人間だ」

「えっ……」

「複数人で、nobleの奴らに襲いかかっているらしい。返り討ちにした奴もいるが、ケガ人も出ている」

そっか……fatalの人は、自動的にnobleの人を敵視してるもんね……。

でも、nobleにまた被害が出ているなんて……。

「この際、全員とっ捕まえてやりたいが、全員顔に袋のようなものをかぶっていて、顔を判別できないらしい」

「厄介だな……」

舜先輩の言葉に、滝先輩が悩ましげに呟いた。

額を押さえながら、再びため息をついた舜先輩。

「こんな時に蓮の奴は何をやってるんだ……まったく。理事長の仕事よりもこっちを優先してほしいものだな」

「……」

何もかもが自分のせいのような気がして、視線を下げた。

元はといえば、春ちゃんが暴れたのも私のせいで……。

……生徒会のみんなには、迷惑しかかけてない……。

私はここに……いても、いいのかな……。

「……そろそろ行ってくる」

少し面倒くさそうにしながらも、ファイルを持って立ち上がった舜先輩。

「1時間程度で戻ってくる。留守を頼んだ」

「ああ」

舜先輩は、毎週職員会議に参加している。

生徒が職員会議に参加って……と驚いたけど、生徒代表として出席しているのだそう。

「いってらっしゃい、舜先輩」

舜先輩を見送って、私も自分の仕事を再開した。

……あれ？

少したった時、ふと、舜先輩のデスクが目に入った。

あれは、いつも職員会議の時に先輩が持っていってるファイルじゃ……。

舜先輩が忘れ物をするとは思えないから、今日は必要ないのかな？とも思ったけど、もし忘れていたなら大変だ。

滝先輩は電話対応をしていたため、私はファイルを持って生徒会室を出た。

早く届けなきゃと、職員室のほうへ急ぐ。
そして中庭に入る途中、50メートルほど先に舜先輩の背中を見つけた。
いた……！
走る速度を、上げようとした時だった。
「……おい、nobleの副総長さん」
草むらのほうから、楽しげな声が聞こえた。
まさかっ……。
舜先輩が、ぴたりと足を止めた。
ぞろぞろと、舜先輩のまわりを囲むように現れた人たち。
その人たちはみんな、カラーのマスクをつけていて、顔が判別できない状態だった。
これ……さっき先輩たちが話してた……。
「……俺のことを待っていたのか？」
舜先輩はあまり驚いた様子ではなく、平然とした態度で問いかけた。
「そのとーり。あんた、最近多忙なんだって？」
どうやら、舜先輩が疲れていることを知った上での犯行らしい。
卑怯な人たち……。
そういえば、証拠がないと言っていたから……念のため動画を撮っておこう。
万が一逃げられても、背丈や制服の癖から素性(すじょう)を判別できるかもしれない。

ひとまず助けに入る必要はないだろう。舜先輩は相当強いだろうし、私は証拠を残すことに専念しよう。

そう思い、スマホのカメラを回す。

舜先輩を囲んでいるのは……ざっと10人。

「ああそうだ。俺は今忙しいんだ。お前たちの相手をしている暇はない」

「そう言わず、ちょっとだけ遊びましょうよ～」

表情は見えないけれど、随分とヘラヘラしている様子。

勝算があるのかな……10人がかりでも、舜先輩は倒せないと思うけど……。

「余裕がないから、手加減してやれないが……それでもいいなら相手になってやる」

舜先輩の言葉に、彼らがバカにしたように笑った。

それに、ずっと真顔だった舜先輩の表情が変わる。

「……ふっ」

不敵な笑みを浮かべた舜先輩は……そっとメガネを外した。

「ちょうど気晴らしがしたかったんだ……最近ストレスが溜まっててな」

……あれ？

舜先輩……雰囲気が……いつもと違うような……。

「全員ぶっ殺してやるから来い」

ドスの効いた低い声でそう言った舜先輩は、もう私の知る冷静で真面目な舜先輩ではなかった。相当苛立っていたのか、髪をかき上げ、眉間にシワを寄せている。

こ、こっちが本性なのかなっ……い、いやいや、別の顔ってやつかなっ。

完全に悪いお顔になってる……。舜先輩に、こんな一面があったなんてっ……。

「お前ら！　行け!!」

一斉に、マスクをかぶった人たちが舜先輩に襲いかかった。

一瞬、大丈夫かなと心配したけど、必要なかったみたい。

長い脚で最初に襲いかかってきた人を蹴り飛ばし、あとに続いた人たちも次々となぎ倒していく。

足技が得意なのか、的確にダメージの大きい場所へと攻撃を当てていた。

ケンカが上手い人の、戦い方だ。

あっという間に全員を返り討ちにした舜先輩は、まだ物足りないと言った様子で顔を歪めた。

「よわっちーな……どいつもこいつも……」

いや……しゅ、舜先輩が強すぎるだけだと……。

くしゃっと髪をかいて、前髪を戻した舜先輩。

メガネもかけ直し、ふぅ……と息を吐いている。

何はともあれ、一件落着かな。

私が動画を撮らなくても、あとは倒れている人たちのマスクを外して舜先輩が確認するだろう。

録画を止めようとした時、倒れているうちのひとりが動いたのが見えた。

舜先輩の後ろにいるため、先輩からは死角になっている。

その人はポケットから——ナイフを取り出した。

「……っ!?　舜先輩!!」

まずいっ……!!

私は慌てて、物陰から飛び出した。

重なる面影

【side舜】

職員会議に出席するため、生徒会室を出た。

週に１度、俺も顔を出している会議。

本来は生徒会長である蓮が出席するのが当たり前だが、人の話を聞かない蓮に行かせるのは心許(こころもと)なかった。

加えて、教師陣の中にも「西園寺蓮」の名前を聞くと怯える人間も少なくはなく、代わりに俺が参加することになった。

いつも報告くらいしかすることのない退屈な会議だ。

正直、最近は忙しいから、会議に出席している暇などない。

できることなら仕事を続けたかったが……無断で欠席するわけにもいかないので、とっとと終わらせよう。

そう思いながら職員室に向かっている最中だった。

──嫌な気配を感じたのは。

「……おい、nobleの副総長さん」

……出たな。

まあ、そろそろ俺が狙(ねら)われるころだとは思っていた。

足を止め、振り返る。

カラーのマスクをかぶった集団……こいつらで間違いなさそうだな。

それにしても、悪趣味な格好だ。

「……俺のことを待っていたのか？」

「そのとーり。あんた、最近多忙なんだって？」

「ああそうだ。俺は今、忙しいんだ。お前たちの相手をしている暇はない」

「そう言わず、ちょっとだけ遊びましょうよ～」

　……仕方ない。

　まあ、とっ捕まえるいい機会か。

「余裕がないから、手加減してやれないが……それでもいいなら相手になってやる」

　俺の言葉を合図に、待ってましたといわんばかりに構えたマスク集団。

　どいつもこいつも……面倒事を増やしやがって。

「……ふっ」

　最近は蓮も南も自分勝手に行動していて、それにも苛立っていた。

「ちょうど気晴らしがしたかったんだ……最近ストレスが溜まっててな」

　俺はメガネを外し、邪魔な前髪を上げた。

　優等生ぶってはいるが、俺は本来“いい子ちゃん”ではない。

　これでもNo.1チームの副総長をしている身。

　俺の邪魔をする奴は……ひとり残らず消す。

「全員ぶっ殺してやるから来い」

　久しぶりに拳を振るえると思うと、高揚感（こうようかん）が増してきた。

「おらぁ……！」

襲いかかってくる奴を、足で蹴り飛ばす。

簡単に吹き飛んだそいつに、拍子抜けした。

なんだ……もっと骨のある奴らかと思ったのにあっけないな。

疲労が溜まっていていつもより格段に俺の動きは鈍いはずだが……普通に終わりそうだな。

「よわっちーな……どいつもこいつも……」

全員が倒れたのを確認し、メガネをかけ直す。

前髪を整え、ふぅ……と息を吐いた。

眠い……。

ケンカが終わって最初の感想がそれなのもどうかと思うが、最近は睡眠もまともにとれていないため、こんな奴らの相手をするくらいなら睡眠時間に当てたい。

今日は早くやることをすべて終わらせて、仮眠できればいいが……。

とにかく、早くこいつらの素性を確認して、職員室に行こう。

そう思い、まずは目の前にいた奴のマスクを剥(は)ぎ取ろうとした時だった。

「……!?　舜先輩!!」

……由姫？

焦ったような大きな声で名前を呼ばれ、振り返る。

……っ。

俺を目がけてナイフを振りおろす男の姿に、これは終わったかもしれないと覚悟した。

　思っていた以上に疲労が溜まっているのか、反応が遅れてしまった。避けても、体のどこかには刺さってしまうだろう。

　あー……この感覚は、二度目だな……。

　サラと出会った、あの時以来だ。

　あの時はサラが助けてくれたが……今回は手遅れみたいだ。

　俺は、自分の身に振りおろされるのを覚悟した。

　……が、それが俺を突き刺すことはなかった。

　──ドンッ!!

「うあっ……！」

　今……何が、起こったんだ……？

　俺の目の前にいた男が吹き飛んだ。

　いや……正確には、吹き飛ばされた。

　突如現れた、由姫によって。

　さっきまで遠くにいたはずが……。

　幻覚(げんかく)かと思い、自分の目をこする。

　今……由姫がこいつを蹴り飛ばしたのか？

　由姫は、ナイフを持っていた男の腕を掴み、そいつの首を強く握った。

　意識を失ったのか、がっくりと動かなくなった男。

　安心したようにほっと息を吐いた由姫の姿に、俺は目を見開いた。

　俺は“また”──助けられたのか。

サラと出会ったあの日。俺は……突っ走りすぎていた。

とにかくbiteを潰さなければ。そう思って、まだ大して力もないくせに、最前に立って戦った。

あれだけnobleが惨敗していたのは……ある種、俺のせいでもあったんだ。

弱い俺をかばうように、先輩たちを戦わせてしまったから……主力メンバーが早々に落ちた。

もちろん俺も、たいした戦力にならず、あっけなくやられた。

ボロボロの状態で倒れながら、床の冷たさだけを感じていた。

クソ……。潰さなきゃいけないのに……。

俺の友人も多数、biteの被害に遭っている……。クラスメイトも、鳳も……biteの言いなりになっているのを知っていた。

だから、俺が……倒したかったのに……この有様(ありさま)はなんだ……っ。

『……おい、今度はfatalの新入りたちにしてやるよ!!』

……あ？

biteの総長の言葉に、顔を上げる。

そいつは天王寺に狙いを定め、近づいていた。

『やめ、ろ……やるなら、頭の俺たちでいいだろ……！』

fatalの総長が叫んでいるが、助けに入る気力は残っていないらしい。

『かわいそうだなぁ？　こんな弱っちいグループに入っち

まったせいで……』

……うっせーんだよ……。

卑怯な手しか使えねー奴らが……バカみたいに粋がってんじゃねーぞ……。

まだ、少しは動けるらしい。

手の届く場所に落ちていた鉄パイプを握り、俺は最後の力を振り絞ってそれを投げた。

既のところで避けた総長に、舌打ちをする。

ちっ……当たらなかったか……。

『てめぇ……先にやられてーのか!?』

まあそうだな……。知り合いがやられるところを何もせずに見ているくらいなら……先にやられたほうがマシだ。

天王寺のことはよく知らねーが……クラスメイトがやられるところなんか、見たくねぇしな……。

最後の力を振り絞った俺に、逃げる力も、逃げる気も残っていない。ただ、激昂(げっこう)している相手が近づいてくるのだけがわかり、『ああ、死んだな……』と弱気なことを思った自分を鼻で笑い飛ばした。

あっけない最後だった……。

そう終わりを覚悟した時、扉を叩くような大きな音がアジトに響いた。

ガシャンだのドカンだの、誰かが攻撃しているのかと思う音。

まあ、入り口は鍵がかけられまくっているし、開くわけが……。

──ガシャンッ!!

……は？

開くはずないと思われていた扉が、思いの外あっさりと開いた。

俺は全身の痛みをこらえながら、ゆっくりと扉のほうへ視線を向ける。

そこにいたのは──目を疑うような、キレイすぎる女だった。

『......私の仲間たち、返して』

『......っ! 来るなって言っただろ!!』

fatalの、仲間……？

『あ？　お前……サラ……？』

サラ……？

そのあと、俺の意識は少しの間飛んでいた。

意識が戻った時、真っ先に俺の視界に映ったのは──心配そうに俺を見つめる、キレイなその子だった。

『大丈夫？』

俺は……助かったのか。

『キミたちのおかげだよっ。頑張ってくれてありがとう！』

微笑む彼女の姿に、きっとその場にいた誰もが恋をしただろう。

俺だって……例外ではなかった。

あの日俺は、サラに命を救われた。

大げさではない。あの日の被害者の中には、今も癒えない深手を負った人間もいる。

怒りを買った俺は……間違いなく、サラが助けに来なければ殺されていただろう。

だから彼女は……サラは、俺の想い人で、命の恩人でもある。

男からナイフを奪い、踏みつけながら使いモノにならないようにナイフを折った由姫。

由姫は振り返り、俺のほうへ駆け寄ってきた。

「大丈夫ですか……!?」

どうしてだろう……。

『大丈夫？』

──由姫がどうしようもなく、サラに重なったのは。

助けられたからか……？

「舜先輩、おケガは？」

「……ああ、大丈夫だ」

お前が助けてくれたから……かすり傷もない。

でもまさか……由姫が技をかけられたなんて。あの蹴りは、空手を心得ているものの動きだった。

ひ弱そうだと思っていたが……見誤っていたようだ。

何か習っていたのだろうか……これなら、蓮が心配する必要もなさそうだな。

「助かった。ありが……」

「なんだい、これは……！」

礼を言おうとした時、大きな声があたりに響いた。

この声は……楠木(くすのき)か？

意地の悪い数学教師が現れたことに、嫌な予感がした。

楠木は俺を見るなり、眉間にシワを寄せた。

「東くん、キミがしたのか……？」

……なるほどな、そう来たか……。

まあたしかに、これだけ生徒が倒れていたら、不信に思われても仕方ないが……。

どうやら、この状況を見て俺が悪者だと判断したらしい。

俺は立ち上がって、教師のほうを見た。

「これは正当防衛に当たるかと」

というか、よく見ればわかるだろ。こいつらは怪しすぎるマスクをかぶっていて、俺が相討ち(あいう)にあったことは一目瞭然(いちもくりょうぜん)だ。

「……この状況を見て、そのセリフを信じろと？」

こいつ……。

にやりと口角を上げたそいつは、持っていた端末で写真を撮った。俺を真ん中に、生徒たちが倒れている光景を収めやがった。

はぁ……面倒なことになりそうだ。

こいつは、生徒会を嫌っている。こいつだけではなく、一部生徒会を目の敵にしている教師がいるが……その中でもとくに毛嫌いしているのが楠木だ。

こっちからすれば、教師どもの仕事を手伝ってやっているだけなのに、生徒は教師に口出しをするなといった了見(りょうけん)らしい。

「舜先輩……」

　由姫が、心配そうに俺のほうを見た。

「話を聞かせてもらおうか？　どうせ職員室に向かうところだったんだろう？　一緒に行こうじゃないか」

　マスクを剥ぎ取って素性を確認しようと思ったが……こいつは是が非でも今すぐ俺を連れていきたいらしい。

「……由姫、生徒会室に戻っていろ」

「……はい」

　とりあえずナイフを持っていた奴だけ急いで写真を撮り、教師のあとをついていった。

　他の奴らは、こいつに吐かせればいいか……吐かなかった場合が面倒だから、全員確認しておきたかったが……。

　これ以上駄々（だだ）をこねれば、またあらぬ疑いをかけられかねない。

　すでに俺と楠木以外は揃っている職員室へと、足を踏み入れる。

「失礼します」

　自分の席についた俺を見て、楠木が話し始めた。

「職員会議を始める前に、少しいいですか」

　他の教師どもが、一体なんだと顔をしかめた。

「さきほど、東さんが暴力事件を起こしているところに居合わせましてねぇ……」

　一瞬にして、室内がざわつき始める。

　教師たちも、校内に暴走族が存在することは知っているようだが……さすがに俺が副総長であることは知らない。

それに、俺は一応信頼も積み上げてきたつもりだから、そんな俺が暴力事件なんて、想像はできないのだろう。

「なんですって？　東さんが……？」

「東さんに限って、そんなことをするとは思えませんがね……」

「証拠の写真ならここにありますよ」

楠木は、さっき撮った写真を教師たちに見せた。

撮り方も陰湿（いんしつ）だなこいつは……ある意味、写真の才能があるんじゃないか。そう思うほど、俺が暴力を振るって倒したような撮り方だった。

教師たちも、楠木が提示した証拠に動揺している。

「職員会議の前に……彼の処分について話し合うべきでは？」

はぁ……どうやって潔白を証明するか……。

ただでさえ疲れているというのに……さらに面倒事が増えてしまった。

頭をかかえたくなった時、職員室の扉がノックされた。

——コン、コン、コン。

「失礼します」

中に入ってきたのは、由姫の姿だった。

生徒会室に戻っていろと言ったのに、どうして来たのか。

巻き添えにはさせたくなかったため、俺は目線で「帰れ」と訴えた。

「キミ、関係者以外は立ち入り禁止ですよ」

楠木がすかさず由姫にそう言ったが、由姫は聞こえていないかのように、ホワイトボードの前に立つ。

「さきほどの件について、一目撃者として参加させてください」

　そう言い放った由姫を見て、何か考えがあるのかと目を細めた。

「この動画を見ていただけませんか？」

　動画……？

　由姫は部屋の電気を落とし、プロジェクターにスマホをつなげた。

　映し出された映像に、全員の視線が集まる。

　その動画には……俺が歩いているところに、マスクの集団が現れ、一斉に襲いかかってくる一部始終が撮影されていた。

　いつから撮っていたんだ……。

　驚いたのと同時に、「でかした由姫」と心の中で褒め称えた。

　これで、俺の潔白は証明されただろう。

　男がナイフを取り出し俺に向かってくるまでの一部始終が映されていた動画が終わり、由姫が再び部屋の電気をつける。

「これが事件の真相です。ここ数日、生徒会の人間を狙い暴力事件を起こす生徒がいて、東さんもその被害に遭われたというのがこの一件のすべてです。相手の人は大勢で、かつナイフも所持していました。十分、正当防衛にあたります」

そう言い放った由姫は、視線を楠木のほうへと向けた。

「先生は東さんの意見を聞かず、勝手に決めつけたようですが……。それに、いったいどうしてあの場にいたんでしょうか？　もしかして先生も、彼らに加担していた……なんてことはありませんよね？」

たぶん、こいつが奴らとグルだったということはないだろう。

けど……それは由姫もわかっているはずで、つまり……この教師を黙らせるために、わざわざそんな疑いをかけたに違いない。

由姫のおかげで、俺に対しての疑いが、すべて楠木へ向いた。

「なっ……そ、そんなわけがないだろう!!」

楠木は顔を真っ青にして、あたふたしている。

いつも迷惑をかけられている男の慌てた姿は非常に愉快（ゆかい）で、笑いそうになった。

由姫は止まることなく、楠木への言及を続けた。

「以前から生徒会の仕事に意見なされることが多かったみたいですが……楠木先生は、ずいぶん生徒会が気に入らないように伺えます」

どうして知っているのかわからないが、定期的に生徒会に来る楠木と俺たちのやりとりを見ていたのかもしれない。

由姫はどこまでも抜かりがない奴だな……と、感心せざるを得ない。

「生徒会が信用ならないのでしたら、生徒会が請け負っている仕事をすべて先生方にお返ししても、こちらは問題ありませんが」

「……ぐっ……」

　由姫の言葉に、楠木だけでなく他の教師も顔色を変えた。

　まあそうだろうな……どれだけ俺たちが貢献してやっているか、わからないほどバカではないだろう。

　曲がりなりにも西園寺学園の教師なんだからな。

「……先生方、東舜さんの処分についてまだ話し合いを続けますか？　私としては……貢献している生徒を処分しようとする先生の今後について、話し合ったほうが良いかと思いますが……」

　楠木はもう何も言えなくなったのか、悔しそうに視線を下げた。

「編入先の高校にこんな先生がいるなんて……選ぶ学校を間違えてしまったのかもしれません……」

　最後の追い討ちをかけるように、由姫がそうこぼした。

　あからさまに落胆の表情を浮かべている由姫。

　２年の首席にこんなことを言われれば、教師も焦るだろう。その場にいた全員がオロオロし始め、俺はもう笑いをこらえることができず、顔の緩みを隠すように手で覆った。

　なんて奴だ……ふっ、教師陣を手のひらの上で転がしている……。

　どこまでが計算かはわからないが、とんでもなく面白い奴だと俺の中の由姫に対する印象が塗り替えられていく。

　大人しい奴だと思っていたのに……まさか、こんなに愉快な奴だったなんて。

ここまで他人を賞賛したいと思ったのは……サラ以来だ。

「そ、そんなことを言わないで白咲さん……！　楠木先生については私のほうから、理事長について説明しますので……！」

　由姫の発言にまんまとかかり、うろたえているひとりの教師が立ち上がった。

　この中では一番在籍期間も長く、権力を持っているだろう教師だ。

　どうやらこいつは、楠木よりも……由姫の機嫌をとることを優先したらしい。

　まあそれが当たり前だろう。創設きっての天才と言われている生徒だからな。

「なっ……！」

「そ、そうですね！　楠木先生は一度ご退出を。職員会議を始めましょう」

　何か言いたげではあったが、これ以上はもう言い訳の余地もないと思ったのか、楠木は大人しく職員室から出ていった。

　あいつの処分は知らないが……いなくなったところで、まあ困ることはないだろう。

　あの程度の教師、代わりなんていくらでもいる。それに、人望もなかったようだからな。

　……さて。

「……お騒がせしてすみません。異論がなければ、会議を始めましょうか？」

　切り替えるように、そう提案した俺の言葉に教師たちが頷く。

　もう俺の潔白は完全に証明されたらしく、俺を疑うような空気はなくなっていた。

　由姫には感謝しないとな……。

「それでは、私は失礼します」

　そう言って頭を下げた由姫は、なぜか俺に歩み寄ってきた。

「舜先輩、これファイルです」

　……え？

　そして、他の教師たちに見えないように、すっと静かにファイルを置いた由姫。

　これ……そういえば持ってくるのを忘れていた。

　もしかして、これを届けるためにあとを追ってくれていたのか？

　というか……いつも俺がこれを持っていくこと、知っていたのか。

　観察力がすさまじいな……今日は由姫に驚かされることばかりだ。

「それと……さっきの人たち、全員マスクを取って写真を撮っておきました。写真はメールで送っておきましたので」

　そっと耳打ちされた言葉に、俺はまた驚く。

「それじゃあ、また生徒会室で」

由姫はそう言って、今度こそ部屋から出ていった。

……ここまで来ると恐ろしいな。絶対に敵には回したくない相手だと思いながら、俺は口元が緩むのを抑えられなかった。

「それではさっそくですが、さっきお話した暴力事件を起こしている生徒の身柄(みがら)が判明したので、彼らの処分についてまず話し合いたいと思います」

由姫には、俺の専属秘書にでもなってもらいたい……。

本気でそんなことを考えながら、何事もなかったかのように職員会議を進めた。

頼もしい先輩たち

ふぅ……。

職員室を出て、一件落着かな……と安堵の息を吐いた。

あとは舜先輩にお任せすればいいだろうし、私が手伝えることはこのくらいだろう。

もしかしたらありがた迷惑だったかもしれないな……と、反省しながら生徒会室に戻る。

「どこへ行っていたんだ？」

生徒会室に入ると、心配そうな表情を浮かべた滝先輩が駆け寄ってきてくれた。

出ていく前、滝先輩は電話をしていたし、ファイルを届けるだけだと思っていたから声をかけずに出てきちゃったんだっ……。

結構長い間、生徒会室を開けてしまったから、心配をかけてしまったのかもしれない。

「すみません、舜先輩のファイルを届けに行っていました……！」

さっきまでの出来事は私から言うことではないだろうと思い、それだけ伝えた。

「そうだったのか……帰ってこないから、心配した。無事でよかった」

ほっとした表情の滝先輩に、ぺこりと頭を下げる。

心配をかけてしまったっ……。

滝先輩は私を見て、にこりと微笑む。

「蓮がいない今、俺が由姫を守らないとな」

……っ。

突然の蓮さんの名前に、ビクッと反応してしまう。

幸い滝先輩には怪しまれなかったみたいだけど先輩は何やらぼそりと呟いた。

「いや……別に蓮がいなくとも……」

独り言だったようで、すぐにいつもの笑顔に戻った滝先輩。

「そうだ、お菓子の時間にするか？」

お菓子という単語に、私は笑みを返した。

「はいっ……」

滝先輩がすぐにお菓子を用意してくれたので、私は飲み物を用意する。

ふたりでテーブルを囲んで、滝先輩が用意してくれたお菓子に目を輝かせた。

マフィンにブラウニー、大好きなパイフェもある……！

滝先輩に感謝の意を伝え、まずはブラウニーをいただく。

口に広がった甘さに、私は少しだけ違和感を覚えた。

あれ……。

おいしい……おいしい、けど……。

どうしてだろう……なんだか、何かが足りないような、そんな喪失感がぬぐえない……。

理由なんて、わかっていた。

蓮さんがいない寂しさは、甘いお菓子でも消せないのかな……。

「うまいか？」

「は、はいっ！　おいしいですっ……」

慌てて、笑顔で答えた。

このお菓子に罪はないし、すごくおいしいのに……ここに蓮さんがいてくれたら、もっとおいしかったのかななんて、思ってしまった……。

「それはよかった」

滝先輩とお菓子たちに、罪悪感を抱かずにはいられなかった。

悟られないように、笑顔でお菓子を食べ進める。

すると、滝先輩がそっと私の口元に手を伸ばしてきた。

「……ついているぞ」

「す、すみませんっ……」

ま、また……恥ずかしいっ……。

「……蓮と、何かあったか？」

「え……？」

突然図星をついてきた滝先輩に、思わずあからさまに反応してしまった。

ど、どうして、わかったのっ……？

私が、蓮さんのことを考えていたこと……。

「様子がおかしかったから、もしかしてと思ってな……」

私が聞き返すよりも先に、滝先輩が口を開いた。

そんなにわかりやすかったのかな……隠してた、つもりだったのに……。

「え、っと……」

なんてごまかそうかと、上手い言葉が出てこない。

「いや、何も言わなくていい」

先に口を開いたのは滝先輩だった。

気をつかってそう言ってくれる滝先輩の優しさに、申し訳なくて視線を下げる。

私はいつも……気をつかわせてばかりだ……。

そう思いながら下唇を噛みしめた時、ぽんっと優しく頭を撫でられた。

「あいつはすぐに戻ってくる。もともと、由姫がきてくれる前は、まともに出席すらしていなかったからな。由姫がきてくれて、生徒会の奴らはみんな助かってる」

恐る恐る顔を上げると、ふっと柔らかい笑みを浮かべる滝先輩と目が合った。

「あいつが帰ってきたら……たくさん仕事を押しつけてやろうな」

滝先輩……。

「まだたくさん残っているから、食べていいぞ。俺は特攻隊の奴らの見舞いに行ってくる」

先輩はそう言って、席を立った。

もしかしたら、気をつかってひとりにしようとしてくれているのかも。

「あまり根(こん)を詰めるなよ。疲れたら帰ってもいいからな」

いたわりの言葉までくれる滝先輩に、私はこくりと頷いて笑みを返す。

　笑顔を残し、生徒会室を出ていった滝先輩。

　私は滝先輩の優しさに、少しだけ心が軽くなった。

　蓮さん……本当に、戻ってきてくれるかな……。

　私がこんなことを思う資格はないけれど……早く、戻ってきてほしいな……。

　お菓子を片づけ、仕事を再開しようとパソコンの前に座る。

　すると、生徒会室の扉が開いて舜先輩が入ってきた。

「戻ったぞ」

「あ……舜先輩、おかえりなさい……！」

　ぺこりとお辞儀をすると、舜先輩がまっすぐ私の机に向かって歩いてくる。

「……由姫」

　少し疲れた顔をしながら、ふっと笑った舜先輩。

「さっきは助かった……ありがとう」

「いえ、舜先輩に何もなくてよかったです」

「お前がいなければとんでもないことになっていた。いろんな意味でな」

　それは、刺されていたという意味か、先生にはめられていたという意味か、はたまたどちらもか……でも、きっと舜先輩ならひとりでも場を収められたはずだ。

「それにしても……楠木の面子は完全に潰れたな」

　舜先輩が、さっき見た不敵な笑みを浮かべた。

　もしかしたら舜先輩は……少し黒い人かもしれない。ふふっ。

「さっきの先生、意地悪らしいんです。だからちょっと、懲らしめちゃおうと思って」

私も、本音を伝えた。

先生は生徒を守ってくれる立場なはずなのに、あんな意地悪はあんまりだ。だから私も、少し意地悪を仕返した。きちんと反省してくれたらいいな。

「ふっ、爽快だったぞ。さすが由姫だ」

そんなに褒められることではないけど、舜先輩は微笑みながら私の頭を撫でた。

「お前は頼もしいな」

え、えっと……。

「お力になれたなら、うれしいです」

本当に、そんなたいしたことはしていないけど……認められたみたいで、うれしい。

「ああ、お前が味方で心強いよ」

その言葉に、喜ぶと同時にまた罪悪感が増した。

私は、舜先輩の味方、なのかな……。

もちろん何かあったら助けになりたいし、味方でいたいとは思っている。

けど……騙している手前、素直に喜べない。

私は味方ですって、胸を張って、言えないよ……。

返した笑顔はきっと、いびつなものだったに違いない。

今はこの笑顔が、精一杯だった。

よし、今日の分は終わりだ……。

仕事が終わって、うんっと伸びをする。

なんとか、自分の分と少し蓮さんの分も片づいた。

明日はもっと、頑張らないと……。

時計を確認すると、もう夜の７時になっていた。

そろそろ帰らなきゃ……。

舜先輩に提案しようと席を立った時、私はいつもの席に舜先輩がいないことに気づいた。

あれ……？

キョロキョロと生徒会室内を見渡すと、ソファの上に横になって眠っている人の姿が。

舜先輩、疲れて寝ちゃったんだ。

隈もできていたし、さっきのことも重なって、疲労が限界に来たのかもしれない。

もう仕事が終わっているなら、家に帰ってゆっくり休んでもらったほうがいいよね。

「舜先輩、そろそろ帰りましょう……？」

少しだけ体を揺すると、舜先輩が「んん……」と唸りながら眉間にシワを寄せた。

あんまり寝覚めは良くないタイプなのかな。今日は舜先輩の知らない一面を、たくさん知った。

「舜せんぱ……えっ」

起きてください、と続けようとした時だった。

腕を引かれ、抱き寄せられたのは。

え、ええっ……！

驚いて身を捩るけど、舜先輩の力が強くて離れられない。

戸惑う私とは対照的に、舜先輩はなぜか表情を緩めた。

「……サラ……」

「……っ」

幸せそうにその名前を呼ぶ舜先輩の姿に驚いた。

どんな夢を、見てるんだろうっ……。

というか、私を抱きしめながら名前を呼ぶから、バレたかと焦ったっ……。

「せ、せんぱい……！」

このまま抱きしめられているわけにもいかず、舜先輩を起こす。

ようやく目が覚めたのか、相変わらず眉間にシワが寄ったまま、瞼を持ち上げた舜先輩。

「……ん？　……っ」

自分の状態に気づいたのか、パッと慌てた様子で私から手を離した。

「わ、悪い……寝ぼけていた」

私も、解放されほっと胸を撫でおろす。

「大丈夫ですよ。お疲れのところ起こしてしまってすみません。お家のベッドでゆっくり寝たほうが疲れも取れると思って……」

「ああ、そうだな。もうこんな時間か……帰るか」

舜先輩はソファから立ち上がり、帰る支度を始めた。

ふたりで、生徒会室を出る。

「舜先輩、今日は眠れそうですか……？」

「ん？」

「最近、睡眠も取れていないみたいだったので……」

　心配していたことを聞くと、舜先輩は笑顔を返してくれた。

「ああ、今日は眠れそうだ。由姫のおかげで仕事も早く終わったからな」

　休んで欲しかったから、その返事に安心した。

　さっき仮眠していたからか、心なしか顔色は少し良くなっている。

　でも……。

「蓮さんが戻ってこない限りは、舜先輩の負担も大きくなりますよね……」

　今日は休めたとしても、まだやることは山積みなはず。

　舜先輩がこんなに疲れているのもまた……私のせいだ。

　私の言葉に、何を思ったのか舜先輩が手を伸ばしてきた。

　頭に手を置かれ、顔を上げる。

　視界に映ったのは……舜先輩の、優しい微笑み。

「由姫。大丈夫だ、あいつはそのうち戻ってくる」

　……っ。

「気まぐれな奴だからな。心配するな」

　どうして……わかったんだろう。

　舜先輩も、滝先輩も……。

　どうして生徒会の先輩たちは、こんなにも……優しい人たちばかりなんだろう。

「はい……」

頼もしい先輩ふたりに、今日はたくさん慰められてしまった……。

少しだけ、蓮さんが帰ってきてくれるような、そんな希望が見えた気がした。

今の私には……祈ることしかできないけど……。

どうか早く、戻ってきてくれますように。

会いたいです……蓮さんっ……。

「最近は学校も休んでいるが、明日は強制登校日だから来るだろうし……生徒会に顔を出すように俺からも伝える。だから元気を出せ。由姫は笑顔のほうがいい」

再び優しい言葉をかけてくれる舜先輩に、胸がじんと熱くなった。

これ以上心配をかけないよう、私も満面の笑みを返した。

「舜先輩にはいつも、助けられてばっかりです」

私は人に恵まれているなと、心の底からうれしく思った。

「……っ」

……あれ？

「どうしたんですか……？」

急に顔を赤くした舜先輩に、首をかしげる。

もしかして、疲労から風邪を引いたとかじゃっ……。

「由姫、お前は……」

心配する私を見ながら、舜先輩はなぜか真剣な表情で口を開いた。

ん……？

「……いや、気にするな」

言いかけて、やめた舜先輩。

気になったけれど、追求することでもないかと聞かないでおいた。

「ゆっくり休むんだぞ」

寮について、部屋の前で舜先輩と別れる。

「はい……！　舜先輩も、お休みなさい」

部屋に入っていった舜先輩を見て、私は視線を蓮さんの部屋へと移した。

電気は、ついてない……部屋にはいないのかな……。

蓮さんに……謝りたいな……。

家に入って、スマホを開く。

南くんから連絡が来ていて、メッセージを確認した。

《僕、明日の朝には学園に戻るから！　明日は生徒会で会おうね！　由姫に会えなくてつらいよ〜！　》

明日からまた南くんに会えるとわかり、うれしくなる。

返事をしてから、私はそっと蓮さんとのトーク画面を開いた。

メッセージ、送っても、迷惑かな……。

少しの間画面とにらめっこしたあと、画面を落とした。

ダメだ……私から連絡するのは、きっと。

蓮さんは今、私と話したくもないだろうから……。

そう思うと泣きたくなかったけど、泣く資格も私にはなくて、ただ祈ることしかできなかった。

滝先輩も舜先輩も、ああ言ってくれたんだ……。

蓮さんが１日でも早く、生徒会に戻ってきてくれますように……。

そして……叶うことなら、前のような関係に戻れますように……。

や、やっぱり、ごめんなさいだけでも言いたいな……。

結局、深夜になるまで蓮さんに連絡をするか迷ったのち、できないままその日は眠りについた。

今の俺では到底……

【side 夏目】

最近、ますます面白くない。

ただでさえイラつくことばっかりだったのに、その要因が増えた。

「週末、久々にアジト行くか」

「いいね。他の奴らがキレイにしてくれてるから、前のまんまだよ」

楽しそうに話している春季と冬夜の会話に、舌打ちが溢れる。

「そうか。下の奴らにも集まるように言っとけ」

「了解」

何が下の奴らにも、だよ。

お前、下っ端なんかに興味なかっただろうが。何を急に総長ぶってやがる。

つーか、最近いい子ちゃんすぎて気持ち悪すぎ。

何があったのかはわからないけど、春季の豹変(ひょうへん)は目に余るものがあった。

冬夜は、「やっと自覚ができたか」なんて言って喜んでるし、下の奴らも浮き足立ってるけど、俺と秋人や一部の奴ら鬱陶しすぎて見ていられなかった。

今まで散々好き勝手してたくせに……。

秋人の部屋に上がって、漫画を読む。でも、イライラしすぎて漫画どころではなかった。

「なあ、最近のあいつなんだと思うよ」

秋人にそう聞けば、ハッと鼻で笑い飛ばされた。

「さぁ。冬夜になんかうつされたんじゃない」

「ありえるわ」

俺も、バカにするように笑った。

冬夜の奴、毎日のように春季のことを説得してたから、ほだされたのかもな。

……いや、あいつが、ほだされるタマか？

俺の中で、嫌な考えが浮かんだ。

「……なあ」

漫画を読んでいる秋人から、「ん～」と興味なさそうな反応が返ってくる。

「サラとなんかあった、とか？」

秋人が、ようやく漫画から視線を移し、顔を上げた。

「……なるほど、そっちか」

あいつが変わる理由なんか……サラしか思い浮かばねぇな……。

「……ご機嫌ってことは、うまくいってるのかもね」

ちっと、また舌打ちが漏れる。

「あー、クソおもんない」

とっとと別れやがれ……そして、サラを解放しろ。

「ま、そろそろ帰っておやすみ、お姫様」

「殺すぞ」

ふざけた蔑称(べっしょう)で呼ばれ、軽く蹴った。

「明日強制登校日だから、遅刻するなよ」

ああそうだった、忘れてた……。またダるいことが増えた……。

いつもは適当にサボったり遅刻したりするけど、明日は休んだら留年を食らう。

留年男はサラに好きになってもらえない。

俺は重い体を起こして、自分の部屋へ戻った。

眠い……。

翌日、なんとか朝起きして登校する。

久しぶりに入った教室には、もうほとんどの生徒が揃っていた。が、うちの総長さまの姿は見えない。

「夏目、おはよう」

前の席の冬夜が、振り返って微笑んできた。

なんだよ、その『ちゃんと来たんだ！』とでも言いたそうな顔は……。保護者ヅラすんな!!　うぜー!!

「ちっ、春季は？」

「まだ来てないよ。そろそろ電話しようかなと思って」

困ったように笑う冬夜に、返事はせず机に突っ伏す。もうこれ以上、話しかけんなという意思表示。

あー、とっとと帰りたい。今日は１日中寝とこ。

そう思ったのに、うるさいのが近づいてきた。

「冬夜くんおはよ～。みんな揃ってるなんて、変な感じだね～。ま、僕も今日は久しぶりの登校なんだけど！」

南の甲高(かんだか)い声に、耳を塞(ふさ)ぎたくなった。

うるせー……。お前の事情とか興味ねーし。

「そうだな。南も元気そうで安心した」

「僕はいつも元気だよ～！　ていうか、蓮くんまだ来てないじゃん！」

「そういえば西園寺も最近来てない。今日は来るの？」

「さすがに強制登校日は来るでしょ～」

ちっ、どうでもいい話ばっかうっせーな。

「nobleは全員沈んでろ」

うつ伏せのままそう言えば、「あれ、夏目くんは寝たふり？」とからかうような声が聞こえる。

……死んどけ。

「冬夜くん、躾(しつけ)がなってないよ～」

「悪い……。そういえば、あの女の子元気？　白咲さんだっけ？」

白咲……？　……ああ、あのメガネ女か。

「うん、元気だよ！」

「そっか、よかった」

つーか、冬夜はなんでわざわざ、南にそんなことを聞くんだ？

別に、知り合いでもなんでもねーだろ。

「お前、なんであのキモ女の心配してんだよ」

顔を上げ、冬夜を睨みつけた。

あんなのほっとけっつーの。

fatalまであんなブス囲ってると思われんだろ。

「夏目くんってば、僕が言ったこと何もわかってないんだね～」

あ？

この前、南に脅されたことを思い出した。

「べ、別に、本人に言ってねーだろ！　うるせーよ！」

お前なんか怖くねーんだから、偉そうに命令すんな。

「僕としては、夏目くんが由姫のこと嫌ってくれるのは超超好都合だよ」

「……あ？」

「まあでも、夏目くんごときに侮辱(ぶじょく)されるのは耐えられないんだけど。ブチギレ寸前って感じ！」

「てめぇ……」

“ごとき”とバカにされ、黙ってはいられなかった。

立ち上がり、南の腹めがけて拳(こぶし)を振りかざす。

そんじょそこらの奴なら、避けられない速さだったはず。

でも、南はいとも簡単に、パシッという軽い音を立てて俺の拳を止めた。

こいつ……っ。

すぐに手を引いたが、強い力で掴まれ離れない。

「ねえねえ」

くそっ、またこれかよ……！

「前から思ってたけど、夏目くんってぇ……」

南が、口を耳元に近づけてくる。

「ほんと、救いようのないバカだよね」

……ぐ、はっ……！

鳩尾（みぞおち）に、南の拳が入った。

勢いはなく、周囲の奴らも気づかないくらい静かな攻撃だった。それなのに、全身が痺（しび）れて立っていられないくらいの衝撃を受ける。

「かはっ……」

「あ～、久しぶりに殴ったから手が痛いな～。滝くん～」

こい、つ……嘘つくんじゃねーよ……。

腹を殴って痛いわけ、ねーだろ……。

殴られたところを押さえながら、南を睨みつける。

くそ、くそくそくそ……！

「あ、蓮くんおはよ～。久しぶり！」

教室に、西園寺が入ってきた。

先ほどまで騒がしかった教室がしん……と静まり、全員の視線が西園寺に向けられる。

でも、そんなのどうでもいい。

「おい、待ちやがれ!!」

俺は痛みをこらえながら、南に向かって叫んだ。

「もう、何～？」

「てめー……いい加減にしろよ」

会うたびバカにしやがって、頭が最強にイカれてるサイコパス野郎が……。

「つーか生徒会はあの女がそんなに大事なのかよ。あれのどこがいいわけ？　生徒会って守備範囲ひれーのな。風紀なら絶対あんなブスお断りだわ」

「夏目、やめろ……！」

　南を煽るように、メガネ女をバカにする言葉を並べた。

　冬夜が青ざめているが、お前は黙ってろ。

　なんで、お前が焦るんだよ。

　ほら、来るなら来いよ。

　タイマンでも乱闘でもなんでもいい。

　俺は別に停学なんか怖くねーぞ。

　南のことも巻き込んで、てめーごと処分でもなんでも受けてやるってーの。

　いい加減……コケにされんのはこりごりだ。

　南に対して放った言葉だったが、なぜかそれに反応したのは……西園寺だった。

　俺を見下ろし、冷めた目を向けてくるそいつ。

「……おい南、こいつ誰の話してんだ？」

「んー、由姫のことみたい。夏目くん、由姫のこといじめるんだよ」

　……っ、は？　西園寺は引っ込んでろよ。

　俺は今、南とケンカがしてーんだ。

「生徒会は学力重視か？　それにしたって、あんな色物よく受け入れ……ッ!!」

　本当に、一瞬の出来事だった。

　痛いと感じる暇もないくらい。俺は気づけば蹴り飛ばされていて、蹴られたのだと気づいたのは、教室の壁にぶつかった時。

　教室の端から端まで飛ばされた。

　痛くて声も出なくて、はぁっ……と息を吸う。

　ぶつかったところも痛いが、比べ物にならないほど蹴られたところが痛む。

　ていうかもう、痛むなんてレベルじゃない。

　内臓、潰れた、かも……ッ。

　女子生徒の悲鳴が上がって、教室にいた人間は一斉に席を立ち俺たちから離れた。

　蹴られたところを押さえ、必死に痛みをこらえる俺に、西園寺が歩み寄ってくる。

　俺の前でしゃがみ込み、髪を掴まれた。

　まだ腹の痛みが引いていないのに、否応なしに顔を上げさせられる。

「……殺してやろうか？」

　西園寺の表情には……まるで殺人鬼（さつじんき）のように、ためらいのない殺意が滲（にじ）み出ていた。

「はいはーい。みんな危ないから教室から出てくださーい。ケガしたくないでしょ～！」

　南の声が、うっすらと聞こえる。

　教室から一斉に人が出ていき、クラスメイトは廊下から野次馬（やじうま）のように行方を見守っていた。

「がはっ……！」

　今度は頭を床に強く叩きつけられ、そして顔を踏みつぶされた。

　っ、ぐぁ……。

　そのまま、腕を弄ぶように逆方向に曲げられ、骨が折れる嫌な音が響いた。

「ああ゛あ゛……!!」

やめ、やめろっ……!!

「～っ、は、せ……」

「次は、どこの骨を折られてーか言ってみろ。お前の望みを聞いてやる」

俺を見下ろす西園寺の瞳に、久しぶりに感じたのは“恐怖”だった。

俺は瞬時に察した。

このままじゃ……本気で殺される。

廊下で見ている人間の中に、秋人の姿を見つけた。

「あ、あき、と……」

助けろ、って……。

「いや、俺は勘弁……」

こいつ……っ。

あっさりと見捨てられ、歯をぎりっと食いしばる。

仲間って、こんなもんかよ……。

「おい、答えろや」

何も言わない俺にしびれを切らしたのか、再び髪を掴み、強制的に目を合わせさせられる。

そのまま、今度は顔面を殴られた。

激痛の中、鼻の骨が歪んだ感覚がした。

ケンカなんか腐るほどした。やめろという相手を容赦なく踏み潰した。

やられる側になったこともあるが、こんなに一方的なのは初めてだった。

　圧倒的な力の差に、自分がこんな情けないことを思うなんて。

　……っ、助けて、サラっ……。

「さ、西園寺……！」

　目から、すっと一筋涙がこぼれた。

　教室に響いたのは、冬夜の声。

「夏目の言ったことは最低だ。俺からも謝るから……これ以上はやめてやって……！」

　とう、や……。

「由姫は生徒会の人間だ。俺のもんだ。自分のもん傷つけられたら始末すんのが当然だろ」

「本当にごめん……！　もう絶対に彼女のことを口にしないよう、言いつけておくから……！」

　立ち塞がるように俺の前で手を広げて、西園寺に頭を下げている冬夜。

　背後から、東が歩いてくるのが見えた。

「蓮、そのくらいにしておけ。由姫がかわいいのはわかるが、これ以上は大ごとになる」

　西園寺はまだ怒りが収まっていない目をしていたが、少しだけ激昂（げっこう）が薄れたのがわかった。

　すると次の瞬間……。

「ちっ……」

　興（きょう）を削（そ）がれたように、俺から背を向けた西園寺。

「……おい、わかってるな？　由姫のこと、侮辱してみろ。こいつと同じ目に遭わせるぞ」

野次馬に言い放ったあと再び俺のほうを見た西園寺の顔が……まるで悪魔のように見えた。

「次はねーぞ……」

助か、った……。

そう思った時、俺は自分の体が小刻みに震えていることに気づいた。

「夏目……！」

顔を青くさせた冬夜が、俺の顔を覗き込んでくる。

痛みで麻痺(まひ)していて、もう体が動かない。

「蓮くん、どこ行くの？」

「……そいつのきたねー血で汚れた」

「着替えてくるの？　いってらっしゃ〜い」

南の甲高い声に、もう苛立つ余裕も残っていなかった。

「夏目、意識はある？　頭は？　吐き気とか……」

確認するように冬夜が聞いてくるけど、痛みでそれどころじゃなかった。

腕とか、もう絶対折れた……鼻も……。

……え、鼻？

俺の鼻、今どうなってんの……？

ぐにゃって、曲がる感覚したけど……え、曲がってんの？

「は、鼻……だ、大丈夫か……？」

情けなく震えた声で、冬夜に確認する。

俺、顔が取り柄(え)なのにさ……ど、どうなるんだよ。

「あははっ、ほんと夏目くんってバカだなぁ〜」

今の俺は、ひどく滑稽(こっけい)に見えているだろう。

南が呆れたように笑っていて、もういろんな感情で頭の中がぐちゃぐちゃになっていた。

情けない、かっこ悪い、こんな……鼻まで……。

曲がったら、ブスになんじゃん……。

「南、もうやめてやってくれ」

「冬夜くんも問題児が多くて大変だね。お疲れ様」

「労い感謝する」

冬夜が、ゆっくりと俺の体を起こした。

「背負うから、痛むかもしれないけど我慢しろよ」

折れている腕に負荷がかからないように背負ってくれたけど、少しの振動でも全身が痛んだ。

「ごめん、道開けて」

あー……くそだせー……。

これも全部、メガネ女の、せいじゃん……。

保健室までは遠いから、その間ずっと晒し者だ。

ボロボロになって運ばれている俺を見ながら、廊下を歩いている奴らが騒いでいる。

「なあ、とうや……」

「ん？　どうしたの？」

「は、鼻……完全に折れてるよな……。これ、治らなかったらどうなるんだよ……」

「俺も折れたことあるけど、戻ったから大丈夫だよ。みんな１回くらいは折れてるよ」

ほんと、かよ……。

「俺、これ治らなくて不細工になったら、サラに好きになってもらえなくなる……」

サラ……いつも俺のこと、かわいいかわいいって、言ってくれてたのに……。

かわいくなくなったら、嫌われる、かも……。

そう考えるだけで、生きている理由を奪われるような恐怖に襲われた。

「サラは顔で人を判断しないよ」

「……」

「……お前と違ってね」

……そっか……。

そう、だよな……。

サラは、そんな女じゃないや……。

だって俺が好きになったサラは……どんな人間でも慈(いつく)しめるような、慈愛(じあい)に満ちた女の子だから。

中身の価値も測れないような、今の俺じゃ……こんな俺じゃ、サラに釣り合いっこないか……。

そんなことに今さら気づいたと同時に、俺は意識を手放した。

☆
☆
☆
☆

ROUND＊12

逃げ道は塞がれた

いつかきっと

私は、朝から窮地(きゅうち)に陥っていた。

ね、寝坊しちゃった……!!

結局できなかったけれど、昨日深夜まで蓮さんに連絡しようかと悩み夜更かしをしてしまった。

目が覚めると８時で、サーっと血の気が引いた。

遅刻ゼロを目指しているから、慌てて支度をする。

寮生活で遅刻なんてしちゃったら、お母さんに怒られちゃう……！

お弁当は今日はもう間に合わないから、食堂で済まそうっ！

なんとか15分で支度を終えて、家を出る。

よし、間に合いそう……！

エレベーターを待ちながら、ほっと息を吐いた。

ピンッという音を立て、エレベーターが到着する。

乗り込もうと思った時、私は人が乗っていることに気づいた。

……蓮さん？

降りてきたのは……制服に返り血のようなものをつけた蓮さんだった。

ようなもの、じゃない。

これは返り血だ。

「……っ」

驚いて、息をのむ。

蓮さんも、私がいることに気づいて目を見開いた。

気まずくて、とっさに目を伏せてしまう。

蓮さんは何も言わず、自分の部屋へと戻っていってしまった。

蓮さんに……無視、された……。

こんなことは初めてで、避けられていることはわかっていたのに、ひどくショックを受けている自分がいた。

溢れそうになった涙を、慌ててこらえる。

私も……何も、言えなかった……。

エレベーターに入って、廊下を歩いていく蓮さんを見つめる。

見えなくなったのを確認して、ため息をついた。

挨拶くらい、私からしたほうがよかったかな……。

蓮さんはもう、私と口もききたくないんだ……。

嫌われたという考えに拍車がかかった。

というか、蓮さんについてた返り血、ケンカでもしたのかな……？

暴走族のトップだから当たり前だろうけど、今まで蓮さんがケンカをしているところは見たことがなかったから、ひどく驚いてしまった。

ケガは、してないかな……大丈夫かな。

蓮さんが強いということは知っているけど、やっぱり心配だ。

って、今は心配する資格もないかな……。

早く、学校に行かなきゃ遅刻しちゃう……。

落ち込む資格も、私にはないよ……。

エレベーターが１階について、バレないように細心の注意を払い寮を出る。

教室に向かう途中、廊下を歩いていると、いつもより校内が騒がしいことに気づいた。

「なあ、さっき運ばれてるの見た？」

「見た見た、血まみれだったよね……」

……ん？

なんだか、物騒な単語が聞こえたような……？

不思議に思いながらも、教室へ急いだ。

「由姫！　やっと来たぁ～！」

「今日は来ないのかと思った……よかったぁ……！」

教室につくと、弥生くんと華生くんが一斉に飛びついてきた。

ふたりを無言で引き離し、拓ちゃんが「おはよ」と言ってくる。

「遅刻なんて珍しいな。大丈夫か？」

「う、うん、ちょっと夜更(よふ)かししちゃって……」

あははと笑いながら席につくと、隣の席の海くんが不思議そうに私のほうを見ていた。

「由姫でも寝坊することとかあるんだな」

「遅刻するかと思ったよ……」

ちょうどチャイムが鳴り、ほっと胸を撫で下ろす。

明日からは気をつけようっ……。

さっき蓮さんに無視されたことがちらついて胸が痛んだけれど、頭から払拭(ふっしょく)するように首を左右に振った。

お昼休みになり、みんなで食堂に向かう。

「あれ、由姫お弁当は？」

「今日寝坊したからお弁当ないの。食堂で買おうと思って」

拓ちゃんの質問に、苦笑いで答えた。

でも、内心ちょっと楽しみだったりする。

じつは、学食のオムライス……ずっと食べてみたかったから。

昼食を楽しめる気分ではないけれど、みんなの前では普通にしなきゃ。

オムライスを購入し、みんなで席に座った。

「いただきます……！」

おいしそう……！

パクリと、一口頬張る。

「おいしい……！」

「由姫はうまそうに食べるな。俺もオムライスにすればよかった」

カツ丼定食を食べながら、海くんが羨(うらや)ましそうに言った。

今日もすごいボリュームの定食……！

二口目を食べようとした時、後ろの席から話し声が聞こえた。

「なあ、朝のやばかったよな」

「ああ、マジ恐怖だった……」
「お前、こんなところで話すなよ……同じ目に遭わされるぞ！」
……ん？
彼らは食べ終わったのか、トレーを持って席を立ち、いってしまった。
そういえば、朝は不穏な空気が流れていたような気がするけど、やっぱり何かあったのかな……？
「校内中、朝の話題で持ちきりじゃん……」
「俺はどうでもいいけど」
弥生くんと華生くんの言葉に、「朝の話題？」と聞き返した。
「あ、そっか、由姫は来てなかったね」
「なんかね、朝どっかでケンカが起きたらしいんだけど、fatalの幹部が血まみれになって運ばれてたらしい。夏目って人なんだけど……」
えっ……!?
なっちゃんが、血まみれ？
それ、大丈夫なの……!?
「そ、そんなに大きなケンカだったの？」
「わからない。それ以外の情報が回ってこないし……ただ、その幹部は顔が変わるくらいボコボコだったらしいよ」
か、顔が変わるくらいってっ……。
ケンカでどこかが折れたり、顔が歪んだりすることはたまにある。族同士の大抗争のあとなんかは、どこの骨が折れたとか折ってやったとかで盛り上がることもあるくらいで……。

　わ、私はそういう野蛮（やばん）な話は苦手だけど……。

　とにかく、それほど珍しいことではないのはたしかだけど……問題は、やられた相手がなっちゃんってことだ。

　なっちゃんは強い。私の記憶どおりなら……拓ちゃんと同じくらい。今はわからないけど。

　そんななっちゃんを重傷にする相手って……。

「まあ、もし3－S内で何かあったなら、真相は表に出ないだろうな」

　海くんはそう言うと、もぐもぐと口を動かしながら視線を斜め上に向けた。

「どうして？」

「ん一、舜さんあたりが揉み消すだろうから」

　けろっと笑う海くんに、なんだか納得してしまう。

　舜先輩ならできそう……。

「そ、そうなんだ……」

「まあ、よくあることだから気にしないでいいよ」

「そうそう、あの人、調子乗ってるからざまーみろって感じ」

　ふたりの言葉に、苦笑いを返す。

　弥生くんと華生くん、なっちゃんのことはやっぱり苦手なのかな……。

　それにしても……血まみれって……。

　……ん？　血まみれ……？

　私は、今朝寮で見た光景を思い出した。

そういえば、蓮さん……返り血がついてた……。

あれってもしかして……な、なっちゃんのもの……？

なんだか怖くなったので、私は考えるのをやめた。

オムライスが、さっきよりちょっとおいしく感じなくなってしまった。

放課後になっていつものように生徒会室に向かうけど、足取りが重い。

舜先輩が蓮さんに声をかけるって言ってくれたけど……今日は蓮さん、いるかな……。

生徒会室の扉を開け、中に入る。

中にいたのは……舜先輩、滝先輩。そして役員の人数名。

蓮さんの姿は、今日も見当たらなかった。

ただ、久しぶりに南くんの姿があって、すぐに駆け寄ってきてくれた。

「由姫!!　久しぶり……!!　会いたかった〜！」

ぎゅっと抱きつかれ、慌てて受け止める。

「南くん、久しぶり！」

「僕がいなくて寂しかった？」

「ふふっ、うん」

「僕もだよぉ〜！　もう、僕の両親人使い荒いから、帰してもらえなかったんだ！　やっと由姫に会えたぁ……！」

元気な南くんがいることで、生徒会室の空気も明るくなった気がした。

本当はもうひとり、ここにいてほしい人がいないけれど。

「おい、離してやれ南。蓮がいたら殺されてるぞ」
　南くんに向かって、少し不機嫌そうに滝先輩がそんなことを言っている。
「え？　なんで滝くんが怒ってるの？」
「……そんなつもりはないが……」
「滝の言うとおりだぞ、離してやれ南。女子生徒に気安く抱きつくものじゃない」
「しゅ、舜くんまでどうしたの……？　ていうか、そういえば蓮くんはどうして来てないんだろう？　教室にはいたのに！」
　……っ。
　学校には、来ているんだ……。って、そうだよね。今朝会ったもん。
「声はかけたのだが……今日も理事長の手伝いがあるとやらでな……」
　言いにくそうに話す舜先輩に、私のほうが申し訳ない気持ちになった。
「そう、ですか……」
　やっぱり、蓮さんが来ないのは100%私が原因なんだ。
　私に……会いたくないから。
「え、何？　最近、蓮くん来てないの？」
　最近の事情を知らない南くんが、驚いたように目を見開いた。
「ああ。本当に自分勝手な生徒会長だな」
　舜先輩が呆れた様子でため息をついているけど、違うと言いたい。

　蓮さんは本当に……なんにも悪くないんだ。

「蓮がいなくて寂しいか？」

　えっ……。

　図星をついてきた滝先輩に、素直に頷いた。

「はい……」

　やっぱり……私は、ここにいないほうがいいんじゃないかな……。

　そんな気になって、思わず視線を下げた。

「そんな悲しそうな顔しないで～！　僕がいるでしょ？」

「わっ……！」

　再び、ぎゅっと抱きつかれた。

「寂しくないよ～」

　南くん……。

　元気づけようとしてくれていることが伝わってきて、なんとか笑顔を返す。

「俺もいるぞ」

「……え、滝くんがそんなこと言うなんて、めずらしいね」

「由姫は……そうだな、かわいい妹みたいな存在だからな」

　ふっと、微笑んでくれる滝先輩。

　私には……そんな優しい言葉をかけてもらう資格なんかないんだ。

　だって、みんなを騙しているんだから。

　全部全部……私のせいで……。

　このまま……蓮さんが帰ってこなかったら、どうしよう。

蓮さんがいなかったら、みんなが困る。

私がいなくなることで蓮さんが帰ってくるなら、やっぱりそのほうがいいに決まっているんだ。

「そうだな。みんな由姫のことはかわいがっている」

舜先輩も同意するように頷いてくれて、うれしい反面、溢れる罪悪感は止まらなかった。

「もし……私が悪い人だったら、どうしますか？」

気づけば、そんな質問が口から出ていた。

言ってから、後悔する。自分からバラすような真似……何やってるんだろう私。

でも……いっそバレたほうが、心は軽くなるかもしれない。

これ以上、蓮さんのいなくなった生徒会には……いられない……。

今朝の、冷たい瞳をした蓮さんを思い出した。

あの様子じゃきっと、もう軽蔑されて、話す機会すらもらえないだろう。完全に見放された。

そんな私が……ここにいる資格はない。

舜先輩と滝先輩は、不思議そうに私のことを見ている。

ひとりだけ事情を知っている南くんは、一瞬動揺を見せたものの、すぐにいつもの笑顔を浮かべた。

「どうしたの由姫、急に変な質問～。この前好きだって言ってたスパイ映画の影響？」

とっさに誤魔化そうとしてくれた南くん。

厚意を無にする形になり申し訳なかったけど、その言葉には苦笑しか返せなかった。

「もしもの話は好きではないが……そうだな」

　舜先輩は、顎に手を当てながらうーんと考え込んでいる。

　答えが出たのか、視線を私に向けて口を開いた。

「どうもしないな」

　……え？

　あっさりと答えた舜先輩に、拍子抜けしてしまう。

「まず、大前提がおかしい。俺はお前はいい人間だと思ったから生徒会に勧誘した」

　舜先輩は、柔らかい笑みを私に向けながら、そう話してくれた。

　……っ。

　いい人間なんかじゃ、ないのに……。

　私は、舜先輩が私を探していることを知っていながら、隠して一緒にいさせてもらっている。

　きっと、舜先輩たちも、それを知ったら軽蔑……。

「言っておくが、何か隠し事があるのはわかってる」

　その言葉に、驚いて「え？」と声が漏れた。

「俺も滝も……たぶん南も」

　滝先輩も……？

　いつから、気づかれてたの……？

　南くんにはバレてしまっているけど、もしかしてそれさえもわかってるってこと？

　南くんの表情が、一瞬崩れた。

　いつもの笑顔が、引きつったのがわかる。

　滝先輩は私を見ながら、舜先輩と同じように柔らかい微笑みを浮かべていた。

「まあ、それを差し引いても、お前が悪い人間だということは絶対にないと言いきれる」

　そう口にする舜先輩には、確固たる自信が見える。

　どうしてそんな、はっきりと断言できるんだろう？

　絶対、なんて……。

「……どうしてですか？」

　気になって聞くと、舜先輩は、得意満面に笑った。

「俺の勘だ」

　……え？

　か、勘？

　どんな理由があるのだろうと思った私は、肩透かしを食らった。

「舜の勘はよく当たる」

　滝先輩まで、得意げに微笑んでいる。

「由姫がいつか、自分から話したいと思ってくれた時に話してくれればいい」

　舜先輩……。

「仲間だからな」

　滝先輩も……。

　さっきまで私の心を支配していた罪悪感が、少しずつ薄れていく。

「はい……いつか、ちゃんと話します」

　いつの間にか自然と笑顔が溢れていた。

この人たちには、きちんと話したいと思った。

きっと他の人に言いふらすような人たちじゃないって信用できる。

……勘、だけど。ふふっ……。

「ほら、仕事するぞ。蓮がいないから、今日はやることが山積みだ」

「はいっ！」

よーし、頑張ろうっ……。

蓮さんがいない寂しさは消えないけれど、今はその感情に蓋をして、自分の仕事と向き合った。

副総長の不敵な笑み

【side南】

　久しぶりの生徒会が終わって、ふぅ……と息をつく。

　今日はなんだか、気を張りすぎて疲れちゃったな。

　蓮くんが来ないせいで仕事も増えてたし……まあ、蓮くんがいないのは好都合だけど。

　時計を見ると、７時すぎ。まあ、早く終わったほうかな。

　帰りに、由姫を誘ってごはんに行こう！

　休んでいた分、たくさん話したいこともあるし……！

　片づけをしている由姫に近づいて、声をかける。

「由姫、一緒に……」

「南、話があるから少し残れ」

　僕の声を遮るように、舜くんが言った。

　……は？

「あ、みなさんは残るんですね。それじゃあ、お先に失礼します」

　気をつかったのか、急いで帰ろうとしている由姫。

　ちょっとちょっと、今日は蓮くんもいなくて絶好のふたり日和(びより)なのに……！

　由姫と蓮くん、なんだかケンカしてるみたいだから、その理由もバッチリ聞こうと思ってたのに……！

「気をつけて帰るんだぞ」

「またな」

「はいっ」

笑顔を残して、帰っていった由姫。

僕はため息とともに、肩を落とした。

「もう、話って何～？　せっかく由姫と帰ろうと思ってたのに～」

恨みを込めて言えば、舜くんが本心の読めない顔で僕のほうを見てくる。

「……お前は、ずいぶん由姫を気に入っているんだな」

……あれ、もしかして怪しまれてる？

「由姫、いい子だからね～」

「……そうだな」

舜くんたちにはバレるわけにはいかないし、適当に言って誤魔化す。

なんだ、まったく気づいてないと思ってたのに、結構勘づいてるのかな。

「さっきのことだけど……」

僕は、ずっと気になっていたことを口にした。

「由姫の秘密のことか？」

「どこまでわかってるの？」

ふたりに向かってそう聞けば、何やらアイコンタクトを取ったあと、代表するように舜くんが口を開く。

「何か秘密があるということだけだ」

……んー……。

一応、嘘をついているようには見えない。

「由姫のことを調べようとしたが、何も情報が出てこなかったんだ」

うわ、いつの間にそんなことしてたの。

まあ、由姫はいろいろと規格外だから、気になって当然だろうけど……。

調べるのは僕の役割なはずなのに、勝手に調べるってことは……僕がいろいろと気づいていることも、口を割らないだろうってこともわかってたわけか。

「だから……何かがあるんだろうなとは思っていた。ただ、その何かはわからない」

舜くんは、そう言ったあと、何やらじっと見定めるように僕を見た。

「なあ、南」

その表情が、意味深なものに変わる。

口角が、弧（こ）を描くようにゆっくりとつり上がった。

「俺たちは、そんなに間抜けに見えたか？」

「……」

あー……。

ふふっ、ちょっとイラッときちゃった。

まあたしかに、見くびっていたことは認めよう。

「お前は知っているんだろう？」

「どうしてそう思うの」

「勘だ」

「もう、そればっかり〜」

勘勘って……それしか言えないのかよ。

「たいした秘密じゃないよ。女の子だから、言いたくないこともあるんだよ、きっと。僕が女っぽいから言ってくれただけで」

誤魔化すように言って、いつもどおりの笑みを顔に貼りつけた。

「そういえば……サラのほうはどうだ？」

黙っていた滝くんが聞いてくる。

「全然、何も出てこないよ～」

「そうか」

なんて、探してすらないけど。

だって、見つかったから。

「じつは、由姫の秘密について考えていることがあるんだ」

「……え？」

……何？

舜くんの言葉に首をかしげた時、生徒会室の扉がノックされた。

「失礼します」

この声……海くんか。

入ってきた海くんは、「お疲れ様です」と頭を下げて、こっちに歩いてきた。

「急に呼び出しなんてどうしたんですか？」

どうやら、舜くんに呼び出されたらしい。

そういえば、話があるってさっき……なんの話？

noble……の話ではないよね、蓮くんいないし。

となると、このメンバーで集まる理由はひとつしかない。

「決まってるだろう」

……はぁ。

ドヤ顔でそう答える舜くんに、心の中で盛大なため息をついた。

舜くん、滝くん、海くん、僕。この４人は、サラ探し隊だ。ま、そんなにダサい名前じゃないけど。

「……で？　由姫とサラの関わりについて、考えはまとまったか？」

……っ。

予期していなかった発言に、思わず反応してしまいそうになった。

舜くん、なに言ってんの……？

え、ちょっと待ってよ。さっき、秘密があることしかわかってないって言ったじゃん。

由姫とサラの関わりって……しかも、前から話してたっぽい言い方。

「あー、はい、たぶん……」

歯切れが悪いけど、そう答えた海くん。

「ちょっとちょっと、僕を無視して３人で話し合ってたの！　僕だけ蚊帳(かや)の外じゃん～！」

いつから——どこまで気づいてるんだ、こいつら。

冷や汗がぶわっと吹き出し、気づかれないように手の甲(こう)でぬぐった。

「だから、今日はお前も呼んでやっただろう」

……ちっ。

舜くんの表情が読めない。

僕は負けじと、笑顔を返した。

「それで？　結論は？」

海くんに、全員の視線が集まった。

「俺は、由姫は……」

ごくりと、思わず喉を鳴らしてしまう。

「……サラの、親戚(しんせき)なんじゃないかと思います」

……は？

海くんから出た答えに、僕は関西人(かんさいじん)でもないのにずっこけそうになった。

「……そうか」

舜くんと滝くんも納得してしまったようで、とんだ肩透かしだと怒りたくなる。

僕のドキドキを返して……。

もう、バレてるのかと思って焦ったじゃんか……。

まあでも、親戚の説まで出ちゃってるのか……。

「この前も言いましたけど……由姫が見せてくれた弟の写真が、サラに似ていたんです」

見解を話し出した海くんの話に、じっと耳を傾ける。

由姫ってば、弟の写真なんて見せたの……？

サラはブラコンだって噂があったし、うっかり見せちゃったのかな……まったく、注意しておかないと。

「由姫も……顔以外はサラに似ているし、氷高の幼なじみっていう点も……」

……おい、顔以外ってどういうこと、失礼だな。それに、メガネで顔なんか見えないでしょ。

海くんまで見た目で判断する人だったなんて、ほんと幻滅だよ。……ま、もともと海くんがサラの容姿を好きになったのは知ってるけど……。

「それと、サラの話をすると由姫の空気が変わるんです。警戒してる証拠です」

いったいどこまで注意して見ているんだと、由姫がかわいそうになってきた。

信頼している友達に監視されているなんて……不躾(ぶしつけ)すぎるよ、海くん。

由姫にチクっちゃおうかな。そうしよう……。

一方的に警戒されてるのはかわいそうだし……まあ、由姫も気づいてるかな？

「何はともあれ、サラと由姫に関わりがあるのは、間違いないかと」

言いきった海くんに、僕は笑顔で首をかしげた。

「理由ってそれだけ？　あんまり信ぴょう性を感じないなぁ」

僕は由姫の味方だから、ちゃんとフォローしてあげないと。

「まあ、たしかにそれだけなんですけど……」

海くんは苦笑いしたあと、すっと顔から笑みを消した。

「由姫、たぶんカラコンなんですよね。しかも、髪の感触もなんか……作り物っぽくて」

……あちゃ、それはバレてるのか……。

ていうか髪の感触ってどういうこと？　直接触ったって

こと？

　海くんって、ちゃっかりしてるよね、ほんと……。

「変装してるってことか？」

　舜くんが、驚いた表情で言った。

「そこまではっきり言いきれませんけど……わざわざカラコンする理由って、目の色を隠したいからですよね」

「ただ黒目を大きく見せたいとかじゃない～？」

「だったら、あんなメガネつけますか？」

　ごもっとも～、さすがに誤魔化せないか……。

「親戚……」

　ぼそりと、何か呟いた滝くん。

「……なあ」

　……嫌な予感がして、身構えた。

「由姫がサラ本人というのは、考えられないか？」

　気づいてほしくなかった可能性に、今度はどう誤魔化そうかと内心ヒヤヒヤしていた。

　けれど、僕が考えつくよりも先に、海くんがすっと首を横に振った。

「……それはないと思います」

　あれ？　思わぬところからフォローが入ったな。

「双子……fatalの如月兄弟がfatalのことを話した時、初めて聞くような反応を示していました」

　……なるほど。

　海くんが用心深く観察してくれていたことが、いい意味で裏目に出たみたいだ。

最初のころは、由姫はfatalの現状を聞かされていなかったから……びっくりしたんだろうな。

「それに、もしサラなら真っ先にfatalとの接触を図るはず。由姫が他の教室へ行ったり、休み時間も外へ行くようなことは滅多(めった)になかったです」

fatalの奴らに内緒で編入してきたことが、ここで吉と出るなんて。

ふふっ、ついてるね、由姫。

「そうか……」

海くんの見解に、滝くんがため息をついた。

何その反応。まるで、由姫がサラだったらよかったのに、みたいな……。由姫がサラであってほしいと、思ってるみたいな反応。

「そろそろ、本人に聞いてみますか？」

「いや、それはしない。言いたくないのなら、無理に言わせる必要はない」

海くんの提案に、舜くんが苦言を呈(てい)した。

「もちろん、サラには会いたいが……由姫も大切な仲間だ」

舜くんも、滝くんも、想像以上に由姫のこと気に入ってるな……。

僕のいないところで何かあったのかな？

そう心配になるくらい。

これ以上ライバルが増えるのはごめんだから、もうサラの話は終わりたい。

「それに、由姫をいじめたら蓮に殺されるぞ」

冗談交じりの舜くんのセリフに、みんなが同意を示すように笑った。

「まあ、探るのは今はこのくらいにしようか」

「ああ。由姫にも悪いからな。引き続き俺のほうでも、サラの情報は探ってみる」

話が中断したことに、ほっと胸を撫で下ろす。

これ以上ここにいたら、追求されそうだな……。

……さ、早く帰ろ。

「あの、そういえば今朝何かありました？　fatalの幹部が病院送りになったって聞いたんですけど」

帰る支度をしていると、海くんが今朝の話を舜くんたちに聞いていた。

一応、舜くんが暴行事件にならないように隠蔽(いんぺい)してたけど、夏目くんのことは隠しきれなかったのか。

まあ、あの状態で保健室に運ばれてたら目撃者も多数だっただろうし、仕方ないよね。

ボロボロの夏目くん……滑稽だったなぁ、ふふっ。由姫を侮辱したんだから、当然の報(むく)いだ。

「ああ、蓮がちょっとな」

海くんには話してもいいと判断したのか、苦笑しながら答えた舜くん。

「やっぱり蓮さんでしたか。でも、蓮さんがそこまでするなんて珍しいですね。普段ケンカ売られても相手にもしないのに」

「由姫を侮辱されて耐えられなかったんだろう」

「……なるほど。そういう経緯でしたか。納得です」

海くんも、蓮くんの由姫への盲目さは知っているみたい。

ま、全校集会であんな宣言しちゃったんだもん、みんな知ってるか。

「あれ、鼻が折れていたな。腕も外れてたぞ」

「まあ、あいつも懲(こ)りただろう」

少し哀れんでいる様子の滝くんに、舜くんがふぅ……と息を吐いた。

夏目くんにはたくさん迷惑かけられてるもんね。これで少しは落ちついたらいいけど。

ていうか、本当は……。

「僕だって５発くらい殴っちゃいたかったけど～」

夏目くんのことは、僕がやっちゃいたかったのに。

由姫のこと、あんなに侮辱されて見ているだけなんて、情けなかったし。

正直、久しぶりに殺したいと思った。

僕の言葉に、舜くんがため息をついた。

「さすがに、あれ以上すれば隠蔽しきれない」

だよね……。

まぁでも、次に何か言われたら、僕も黙っていられないだろうな。次は本当に……やっちゃうから。

「今日は解散しよう」

舜くんの発言で、みんな立ち上がる。

結局、みんなで生徒会室をあとにした。

雷の夜

他のみんなは話があるそうで、ひとりで生徒会室を出た。

ひとりで帰るのは久しぶりで、吹きつける秋風の冷たさも相まって寂しさを感じる。

『由姫、そろそろ帰るか？』

蓮さんの笑顔と優しい声が脳裏をよぎって、胸が痛んだ。

蓮さんに、会いたいな……。

今朝、一瞬だけ会えたけど……今度は、ちゃんと……。

今なら、蓮さんに話せる気がした。私のこと、全部。

そして……ごめんなさいって、謝りたい。

でも……それは私の勝手だから……蓮さんが、私の話を聞いてやってもいいって思ってくれる時が来たら、話したい。

傘を差して、校舎から出る。

今朝から降ってる雨は勢いを増していて、傘に当たり激しく音を立てていた。

家に帰ってきて、すぐに食事とお風呂を済ませた。

雨、すごいなぁ……。

明日はやむって言ってるけど……ほんとかな。

眠気に誘われ、あくびが出る。

そろそろ、寝ようかな……。

そう思った時だった。

——ゴロゴロゴロ!!

「……っ!?」

大きな、雷の音が轟いた。

思わず体がこわばり、反射的に耳を塞ぐ。

か、み、なり……。

どうしようっ……。

寮生活で、一番危惧していたことが起こってしまった。

私はすぐにベッドに入り、布団に潜る。

怖いから電気はつけたまま、布団の中で耳を塞いだ。

雷は……虫よりも、苦手だっ……。

まだ幼いころ……ストーカーが家まで入ってきたことがあった。

その日はお父さんとお母さんがいなくて、まだ小さい輝とふたりきり。

ふたりでクローゼットに隠れて、息を殺した雷の夜。

あの日のことがフラッシュバックして、恐ろしくてたまらなくなる。

再び、体をずしんと震わせるような轟音が鳴り響いた。

っう、ヤダっ……怖い……っ。

雷の夜は絶対に、家族の誰かが一緒に寝てくれていたけど……今はひとりだ。

震える体を、自分の腕で抱きしめる。

早く、収まって……雷も、震えも……。

そう願った直後、また地面を揺らすようなおぞましい音が鳴り響く。

「きゃああっ……!!」

　やだ、本当に、いつまで続くんだろう……っ。

　涙がじわりと溢れて、恐怖に震えがひどくなる。

　きゃっ！　な、何？　ポケットが震えた気がして手を伸ばす。

　スマホ……電話？

　……っ、蓮さん……。

　驚きながら、なんとか震える指で通話ボタンを押した。

「も、もしもし……っ」

《……由姫？　雷、大丈夫か？》

　久しぶりに聞く蓮さんの声。

　それに……涙が嵩(かさ)を増した。

　怖くて怖くてたまらないのに、蓮さんの心配してくれているような優しい声色に、ひどく安心した。

　雷……そういえば、苦手だって伝えたっけ……？

　覚えていて、くれたの……？

「蓮、さんっ……」

　怒って、ないのかな……？

　私のこと、もう嫌いになってしまったんじゃ、ないのかな……っ。

《……声が震えてるぞ？　泣いてるのか？》

「あ、あの、これは……」

　いろんな涙で、だから、あの。

　感情がぐちゃぐちゃで、言葉がまとまらない。

《ひとりで平気か？》

「……っ」

いや……怖い、助けて……っ。

そう言いたいけど、ぐっと言葉を飲み込んだ。

だって、卑怯だ。

私は蓮さんを騙して、好きだと言ってくれた蓮さんに隠し事をしていた。それなのに、こんな時だけ助けを求めるなんて……。

いつだって蓮さんは私のことを助けてくれる。

それに……甘えすぎだ。

「へ、いき、です」

《……》

「心配してくれて、ありがとう、ございます」

また、雷の音が鳴った。

悲鳴が漏れそうになったけど、声が出ないように手で必死に押さえる。

怖い……っ。

《……由姫、家開けられるか？》

「……っ、え？」

《オートロックだから閉まってるだろ？》

蓮、さん……？

ガチャッと、スマホごしに扉が開く音が聞こえた。

蓮さんが、自分の家を出てきてくれたのかもしれない。

「私、大丈夫、で……」

《大丈夫じゃないだろ。玄関まで来られるか？》

「……っ」

どうして……なんで、気づいてくれるんだろう。

いつも、いつも……っ。

震える足で、立ち上がってなんとか玄関まで移動した。

その間も雷が何度か鳴って、そのたびに体がこわばる。

それでも、この先に蓮さんがいると思って、鍵を開けた。

「由姫……！」

性急に扉を開けてくれた蓮さん。

「あっ……」

顔を上げた先で、ひどく心配した様子の蓮さんと目が合った。

「……っ」

蓮さんは私の顔を見るなり、顔を歪めた。

「泣くほど怖いなら、ちゃんと言え」

そっと、優しく抱き寄せられた。

すっぽりと蓮さんの胸に収まった途端に、安心感に包まれる。

蓮さんはそのまま私をひょいっとかかえると、私の部屋のドアを閉めた。

「俺の部屋に連れてくぞ」

無言で頷いて、蓮さんにぎゅっとしがみつく。

雷はまだ鳴っているけど、不思議とさっきよりも怖くはなくなった。

蓮さんはまっすぐにリビングへ行き、私をかかえたままソファに座る。

「どうして……来て、くれたんですか……？」

「雷が怖いって言ってただろ」

「でも……」

最近、私を避けていたのに……それだけのために、来てくれたのっ……？

どうして……そんなに優しいん、だろう……。

雷が近くに落ちたのか、今までで一番大きな音が鳴った。

「……っ」

びくっと反応してしまい、耳を押さえる。

蓮さんが、そんな私の頭を自分の胸に押しつけた。そして、背中を優しく撫でてくれる。

「大丈夫。怖くないぞ」

それは、びっくりするほど優しい声。

「収まるまでそばにいるから」

恐怖心が少しずつ薄れていく。代わりに、胸の苦しさに襲われた。蓮さんの優しさに涙が出る。

いつだって……私のことを助けてくれる人。

辛い時も寂しい時も、悲しい時も、困った時はいつだってそばにいてくれる人。

蓮さんの胸の中で、私はようやくはっきりと、自分の気持ちを自覚した。

この人がいないと寂しい。ずっと……いてほしい。

蓮さんが……好き……っ。

蓮さんは、雷が鳴りやむまでずっと……私を抱きしめていてくれた。

言えない２文字

少したつと雷は収まり、雨も弱まった。

体の震えも止まって、ゆっくりと蓮さんから離れる。

「あの……ありがとう、ございました」

ど、どうしよう……。

蓮さんへの気持ちを自覚した途端、まともに顔が見られなくなってしまった。

恥ずかしくて、視線が合わせられないっ……。

「もう平気か？」

「はい……へ、平気です」

心配そうに聞いてくる蓮さんに、何度も頷く。

「雷、そんなに苦手だったとは知らなかった。もっと早くに連絡できなくてごめんな」

……っ、そんな……。

謝らせてしまったことに、罪悪感が溢れた。

「来てくれただけで……本当に助かりましたっ……」

蓮さんが来てくれなかったら、今ごろパニックを起こしていたかもしれない。

それに……ここ数日蓮さんが私を避けていた原因は、全部私にあるんだ。

「……ごめんな」

再び、そう口にした蓮さん。

首を横に振って恐る恐る蓮さんを見ると、申し訳なさそうにはにかんでいた。

「避けるみたいな真似して、由姫のこと嫌な気持ちにさせただろ。……いろいろ考えてた。今は……一緒にいないほうがいいと思ったんだ」

　蓮さんの言葉に、胸がぎゅっと痛んだ。

　一緒にいないほうがいいって思わせるくらい……幻滅させちゃったんだ……。

　当たり前だ、私、ひどいことをしたんだから……。

「私のこと……もう、嫌いですか……？」

　不安でいっぱいになって、ついそんなセリフがこぼれた。

　蓮さんが、私を見ながら目を大きく見開く。

「……え？」

　驚いている蓮さんをじっと見つめながら、ずっと言いたかった言葉を口にした。

「ごめんなさい……蓮さんのこと騙してて……ごめんなさいっ」

　謝りたかったんだ。謝る権利もないのかもしれないけど……。それでも、ちゃんと謝罪がしたかった。

　ごめんなさい、蓮さん……。

　たくさんよくしてくれて、かわいがってくれたのに……私、恩を仇(あだ)で返すような真似……。

　泣いちゃいけないと思いながら、止まっていたはずの涙が溢れた。

　こらえきれずに、ポタポタと落ちていく涙。

「待て、由姫。なんで泣く？」

困惑している蓮さんの姿に、もう一度「ごめんなさい」と口にした。

私には、謝ることしかできない。

「由姫」

優しい声に、名前を呼ばれる。

「騙してたなんて思ってない。一緒にいないほうがいいっていうのは、俺の問題だから」

……え？

驚いて顔を上げると、蓮さんは困ったように眉の両端を下げていた。

そして言いにくそうに「あー……」と唸(うな)ってから、続きの言葉を言ってくれた蓮さん。

「由姫のこと……あの男から無理やり引き剥(は)がしてやりたくなったんだよ」

あの男って、春ちゃんのことだよね……？

「嫉妬して、由姫にあたりたくなかった。好きな女に、そんな情けないところ見られたくないんだよ」

恥ずかしそうに言って、視線を逸らした蓮さん。

「だから、頭を冷やそうと思っただけだ」

私……嫌われちゃったと、思ってた……。

……っ、よかった……。

安心したら、また涙が止まらなくなる。

私、蓮さんの前では泣いてばっかりだ……。

人前で泣くのは苦手なのに、どうしてか蓮さんの前では我慢できなくなる。

それはきっと……甘えているのかもしれない。

この人なら、受け入れてくれるって。

「泣くな……」

蓮さんは、壊れ物を扱うように優しく、私の頭を撫でてくれる。

心配そうに見つめてくる瞳と視線が交わって、心臓が大きく高鳴った。

自覚した途端、タガが外れたように膨らみ出す感情。

好き……蓮さんが、大好きだ。

でも……言えない。

この前まで私は、春ちゃんの彼女だったのに……心変わりが早すぎるよ。

自分自身ですら失望しているのに、きっと蓮さんに知られたら軽い女だって思われる。

そんなの、嫌だっ……。

数日話せないだけで、苦しかった。寂しかった。

もうこれ以上……離れたくない。

「私……蓮さんにだけは、嫌われたくない、です」

もういなくならないでと、切(せつ)に願った。

私の言葉に、蓮さんは驚いたような表情をしたあと、うれしそうに笑ってくれた。

「嫌いになるわけないだろ」

蓮さんの言葉に安心した私は、これ以上泣くまいと、ごしごしと涙をぬぐう。

「こら、腫(は)れるぞ」

私の手を掴んで、そっと涙をぬぐってくれた蓮さん。

触れられたところが、熱を持ったのがわかる。

どうしようもなくこの人が好きだと認めたと同時に、伝えられないことが苦しかった。

蓮さんに幻滅されるかもしれないと思うと、臆病(おくびょう)な私はそれ以上何も言えなくなった。

この気持ちはまだ……私の中だけに、とどめておかなきゃ。

いつか、蓮さんに伝えられる日がきたら、その時はちゃんと……。

──「好き」って、告白したい。

身勝手な独占欲

【side蓮】

「私……蓮さんにだけは、嫌われたくない、です」

　泣きながら、言ってきた由姫。

　眉を頼りなさげにハの字に曲げ、じっと見つめてくる姿がかわいすぎて心臓が痛い。

　……なんて心配してんだ。

「嫌いになるわけないだろ」

　絶対にありえない。

　頼まれたって嫌いになんかなってやらねーよ。

　俺の言葉に、由姫は心底ほっとしたように顔を緩めた。

　……俺に嫌われると思って、心配だったのか？

　そんなことくらいでめそめそしている由姫が、かわいくて仕方なかった。

「こら、腫れるぞ」

　痛くしないように、優しく涙をぬぐってやる。

　俺の手で覆（おお）えるくらい、小さな顔。由姫はどこもかしこも小さい。

　ひどく不安にさせていたんだと思うと……自分自身が情けなくなった。

　あいつ……天王寺に抱きしめられている由姫を見た日、正直死ぬほど焦った。

　まだ由姫はあいつのことが好きなのかと思うと、自分のこの独占欲をぶつけてしまいそうになった。

あんな奴やめろと、自分の感情だけで由姫を奪ってやりたくなった。

それに、サラということを隠していたことも。俺はそんなに信用できなかったかと、自分を情けなく思った。

どうしてfatalと親しいはずの由姫が、生徒会に入ってくれたのかも、何もかもわからなくて追求してしまいそうになった。

でも……由姫に自分の感情を、一方的に押しつけることだけはしたくなかった。

由姫が誰よりもかわいくて、大切だから。

頭を冷やそうと思って距離を置いていたが、由姫に会えない日はなんのために生きているのかわからないほど無意味な時間に思えた。

由姫に出会う前の俺は、いったいなんのために生きていたんだろう。

自分の中にある由姫の存在がどれだけ大きいのかを、思い知らされただけだった。

こうしてまた由姫と話せてよかったと、心底ほっとしている。

もう……離れたくない。

由姫のそばにいる理由が欲しい。

「あいつとは……まだ付き合ってるのか？」

聞いてもいいことなのかわからなかったが、聞かずにはいられなかった。

それだけが、どうしても気になっていたから。

お前の気持ちはまだ……あいつに向いてるのか？

「ち、違います！　春ちゃんには、ちゃんと別れようって言いました……！」

由姫の返事に、安堵の息を吐いた。

よかった。あんな浮気男に、由姫を任せるなんてできるわけない。

……あの男だけじゃない。他の誰にも任せる気は毛頭ないが。

「あの……話しても、いいですか？　私のこと……」

由姫が、恐る恐る言ってきた。

たぶん、由姫の正体についてだろう。

「ああ。教えてくれ、由姫のこと」

知りたい。全部。

どんな理由があったって、由姫への気持ちは変わらないから。

ふたりだけの静かな室内。雨もやんだのか、少しの間静寂が流れた。

それを破るように、由姫が話を始めた。

「私……サラっていう、通り名がついてたんです。本名を隠していたら、勝手にそんな名前がついていて……」

その名前は、きっとこの学園にいるほとんどの奴が知っている。

俺も、何度も聞いた。ていうか、聞かされた。

どいつもこいつも、神を崇（あが）めるようにサラの名前を口にしていたから。

　nobleの奴らも例外ではない。むしろ、nobleの奴はとくに執心していた。

　俺はまったく興味がなかったが……まさか、その正体が由姫だったとは。

　つーか、他の奴らは気づいてんのか？

　……たぶん、気づいてはなさそうだったが。

「２年前、このあたりに住んでたんです。春ちゃんとは、引っこす前に付き合い始めました」

　そんなに前からの付き合いだったのかと、驚いた。

　それと同時に、由姫を裏切ったあの男への殺意が増す。

「春ちゃんに会いに、この学園に来たんですけど、春ちゃんやfatalのみんなには来ることは内緒にしてたんです。変装して、びっくりさせようと思って……」

　由姫の表情が、悲しげなものに変わっていく。

「でも、みんな私には気づきませんでした……」

　そういえば……。

　俺は、今朝黙らせた男のことを思い出した。

　あいつは、たしかfatalの人間だ。だから、“サラ”とは面識があるはず。

　なのに、ふざけたことをほざいてやがった。

　由姫の話し方からするに、あいつらにはもう会ったんだろう。

　その時に……今朝みたいな下品な言葉を投げつけられたのかもしれない。

想像するだけで、奴らへの激しい怒りが込み上げてくる。

もう片方の腕も折ってやればよかった……いや、もう息の根を止めてやればよかった。

「春ちゃんが、浮気していることも知ってしまって」

……どいつもこいつも、クソだな。

fatalのことはなんとも思っていなかったが、今日この瞬間から奴らは俺にとって憎悪(ぞうお)の対象になった。

怒りをぐっとこらえ、続く由姫の話に耳を傾ける。

「生徒会のみなさんがnobleってことも、蓮さんが総長ってことも最初は知らなくて、あとから知ったんです」

その言葉に、あることを思い出した。

由姫は俺たちがnobleだと話した時、ひどく驚いた様子だった。本当に、何も知らなかったのか……。

「言わなきゃと思いながら、言い出せなくて……」

申し訳なさそうに、視線を下げた由姫。

そうだよな……。

由姫の気持ちを考えたら、言えるわけがない。

fatalの奴らにも見捨てられて、本当はnobleにも居づらかったんだろう。心情を思うと、気づいてやれなかったことに罪悪感を抱いた。

「ダメだって思いながら……どうしていいのかわからなくて、そのままずっと……私はずっと、蓮さんのことも生徒会のみなさんのことも騙していたんです……」

泣いているのか、由姫の声が震えている。

……騙してるなんて、思うわけないだろ。

「話してくれてありがとな」

　俺はそっと、由姫の頭を撫でた。

　安心させてやりたくて、できる限り優しく触れる。

「騙すとか、もうそんなこと考えなくていい。騙されたなんて、俺もあいつらも思わない」

　由姫は俺たちのことを他人に売るような真似はしないと言いきれる。信用してるから、歓迎したんだ。

「なあ由姫。お前は誰といたい？」

「え？」

「fatalか、nobleか」

　由姫に、選んでもらいたかった。

　しがらみのない状態で、俺たちのことを。

「私は……」

　困ったように下唇をきゅっと噛みしめながら、考え込んでいる由姫。

　俺はじっと、由姫の答えを待った。

　由姫の表情が、言ってもいいのかと悩んでいるような気がして、もう一度頭を撫でる。

　すると由姫はようやく、ゆっくりと唇を開いた。

「私は……nobleの、仲間になりたいですっ……」

　目に涙を浮かべながら、はっきりと言ってくれた由姫。

　俺はたまらず、由姫を抱きしめた。

「ああ。お前の居場所はこっちだ」

　fatalのことを捨てろとは言わない。でも……お前を守る権利は、俺たちにくれ。

……俺に、くれ。

「蓮さんっ……」

また泣いている由姫を見て、今日はずいぶん涙腺(るいせん)が緩いなと笑みがこぼれる。

たまらなく愛しくて、抱きしめる腕に力を込めた。

もう離してやれないな……と、自分の独占欲が膨らんでいくのを感じる。

「……由姫」

「は、はい？」

「……あいつとは？」

もうひとつ、どうしても気になってそう聞いた。

別れたとは言っているが、屋上でもあいつといるところを見てしまった。

正直……どういう状態になっているのか、気になる。

なんでもかんでも追求するのはダサいと思うけど、由姫のことは全部知りたかった。

俺の質問に、由姫が勢いよく顔を上げる。

「あっ……あの、生徒会室で会った日、私がサラだって春ちゃんは気づいたんです。それで、抱きしめられた時に、蓮さんが……」

……タイミングが悪かったのか。

つーか、あいつはそれまで由姫に気づかなかったってことか……？

天王寺は恋人のサラを溺愛(できあい)し、執着していると、舜がよく嘆(なげ)いていたが、気づかないとかあんのかよ。

「この前も、屋上に来てって頼まれて、もうこんなふうに会えないって伝えに行っただけなんです……」

　どこまで自分勝手な男だと思いながら、由姫がはっきりと断ったという事実に安堵した。

「信じて、くれますか？」

　俺が信じないとでも思っているのか、不安そうな瞳で見つめてくる。

　こてんと首をかしげる由姫に、心臓がバカみたいに跳ね上がる。

　……その顔は反則だろ。

「由姫の言うことは全部信じる」

　他の誰がなんて言おうと、俺は由姫だけを信じる。

　俺の言葉に、由姫は安心したように口元を緩めた。

　警戒心ゼロの、ふにゃっと崩れた笑顔がかわいすぎる。

　これ以上そばにいたら理性が危ういと察して、抱きしめていた腕を解いた。

　ふと、目に入った時計。

　夜の10時を知らせていて、もうそんな時間かと驚いた。

「そろそろ寝るか？」

「えっ」

「由姫は早寝早起きだろ？　もう帰るか？」

　たしか、９時ごろにはもう眠っていると言っていた。

　明日も学校だから早く寝たほうがいいだろうと思い提案したが、由姫が不安げに眉の端を下げた。

　……ん？

「あ、あのっ……」

　何か言いたそうに見つめてくる由姫に、もしかして……と、ひとつの考えが浮かぶ。

　……まだ怖いのか？

　さっき、雷で相当怯えていたし……もう収まったとはいえ、不安なのかもしれない。

「一緒に寝るか？」

　虫の時のデジャブだと思いながらも、こんな不安そうな由姫をひとりにはしておけない。

　安心させたくて言ったが、なぜか由姫は申し訳なさそうに視線を下げた。

「私……蓮さんに甘えてばかりです……」

　何を気をつかっているのか、そんなことを言う由姫の頭を撫でる。

「それの何が悪い？　俺は由姫に甘えられるのがうれしいんだぞ」

「蓮さん……」

　そう伝えると、由姫はやっと微笑んでくれた。

「ありがとうございますっ……」

　好きな女に甘えられて嫌な男なんかいないだろ。つーか、いつだって甘えてほしいくらい。

　他の男には、やめてほしいけど……。

　そんな独占欲は、ぐっとのみ込んだ。

　ふたりでベッドに横になり、由姫のほうに布団をかける。

「おやすみ」

「おやすみなさいっ……」

　安心しきっているのか、由姫は目をつむると、すぐに眠ってしまった。

　寝顔もかわいいが……ここまで警戒されていないのは、少し不満だ。

　男としてまったく見られていないな……まあ、頼られていると思おう。

　最近眠れなかったから、さすがに俺も今日は眠れそうだ。

　そう思った時、眠っているはずの由姫がきゅっと俺の服を掴んできた。

「……れんさんっ……」

　……寝言、か？

　むにゃむにゃと口元を動かして、幸せそうに笑った由姫。

　どんな夢見てんだよ……つーか、寝言で俺の名前を呼ぶとか……。

「……なんでこんな、かわいいんだこいつ……」

　俺はあまりのかわいさに、理性を堪えるのに必死だった。

　その日は結局眠れず睡眠欲は満たされなかったが、代わりに言い表せないような幸福感に満たされた。

生徒会の平穏

　昨日は蓮さんが一緒に寝てくれたおかげで、ぐっすり眠れた。

　いつもよりドキドキしたけど……蓮さんには、聞こえてないかなっ……。

　朝起きて、部屋に戻り朝ごはんを作る。

　もちろん、蓮さんの分も。

　朝の支度を終えた蓮さんが家に来てくれて、一緒に朝ごはんを囲んだ。

　食べ終わってから、気になっていたことを口にする。

「蓮さん……あの、今日は生徒会、来ますか……？」

　私の質問に、蓮さんはふっと笑った。

「ああ。今日からはちゃんと行く」

　返ってきた答えに、ほっとした。よかったっ……。

　喜んでいる私を見て、なぜか蓮さんは意味深な笑みを浮かべた。

「俺がいなくて寂しかったか？」

「……っ」

　図星を突かれて、顔がぼっと音を立てて赤くなる。

　恥ずかしくて、蓮さんから目を逸らした。

「あー……」

　蓮さんが、なぜかそんな声を出しながら唸っている。

　不思議に思いちらりと顔を見ると、愛おしげに見つめられた。

「お前ほんとかわいい……俺のになって」

「〜っ」

な、なっ……。

そんな言葉は、ズルいっ……。

本当は、今すぐにでも頷いてしまいたい。

でも……だ、ダメだ。やっぱり、早すぎるもの……。

それでも、うれしくて視線を逸らせない。

きっと真っ赤になっているだろう私の顔を見ながら、蓮さんはまたふっと笑った。

「そんなかわいい顔で見つめるな。勘違いするぞ」

か、勘違い……じゃない……。

まだ、言えないけれど……いつか、ちゃんと言えたらいいな。

堂々と、『蓮さんが好きです』って……。

蓮さんが、ソファから立ち上がりジャケットを羽織(はお)った。

「一緒に学校行くか？」

蓮さんの言葉に、こくりと頷く。

「はいっ」

ふたりで、家を出た。

蓮さんと階段のところで別れて、教室に向かう。

「おはようみんなっ」

揃っていたみんなにそう言うと、みんな挨拶を返してくれた。

教科書をカバンに入れていると、隣から何やら視線を感じる。

「由姫、何かあった？」

「え？」

海くんの言葉に、首をかしげた。

「ご機嫌じゃない？」

えっ……わ、私、そんなに顔に出てたかなっ……？

「そ、そうかな？　普通だよ」

恥ずかしくて、あははと乾いた笑みをこぼす。

蓮さんと仲直りできたのがうれしすぎて、浮かれているのかなっ……。

「なあに？　何かあったの？」

「俺たちにも教えてっ」

華生くんと弥生くんがいつものように私の両端に抱きついてきて、かわいく聞いてきた。

「秘密」

「「ええ……！」」

残念そうなふたりに、ふふっと笑みがこぼれる。

「お前ら、毎日毎日同じこと言われなきゃ気が済まねーのか……」

拓ちゃんが怖い形相で、私からふたりを引き剥がした。

ふふっ、今日はなんだか、些細なことでも口元が緩んでしまうな。

「起立、礼」

その日の授業が終わり、先生の合図でぞろぞろと帰り出すクラスメイト。

　私も帰る支度をして、教室を出る。

　早く生徒会室に行かなきゃ。今日は、久しぶりに蓮さんのいる生徒会……。

　ふふっ、うれしいなぁ。

　ルンルン気分で廊下を歩いていると、あたりが騒がしいことに気づいた。

「な、なんで２年の階にいるのっ……！」

「やばい、近くで見るとカッコよすぎ……！」

　ん……？　なんだか黄色い声と緊迫した空気が混ざったような、不思議な感じ……。

　それに、前方を歩いていた人たちが、まるで道を開けるように左右にはけている。

　不思議に思いみんなの視線の先を見つめると、そこにいたのは……。

「由姫」

　……え？

「蓮さん……！」

　前から現れたのは、紛れもない蓮さんの姿だった。

「ど、どうして２年の階に……？」

　慌てて駆け寄ると、蓮さんは私を見ながらふわりと微笑んだ。

「迎えにきた。一緒に生徒会室行こうと思って。由姫のほうが終わんの早かったな」

　そのキレイな笑顔に、一瞬見とれてしまう。

「由姫？」

「あ……は、はいっ……」

ハッと我に返って、返事をする。

通りすぎる人がみんな、ちらちらと蓮さんのほうを見ていた。

圧倒的なオーラがあるからまじまじとは見れないんだろうけど、きっと２年生の教室に蓮さんがいるなんて異常事態だから騒ぎになるに違いない。

でも迎えに来てくれたのは、すっごくうれしいっ……。

「蓮さん、えっと……迎えに来てくれて、ありがとうございますっ……」

行きましょうか？と見つめた時、何か言いたげにじっと見つめ返された。

「蓮さん……？」

「由姫、手」

「……っ、え？」

ぎゅっと、突然握られた手。どきりと、心臓が大きく高鳴った。

きっと私の顔は今、真っ赤になっているに違いない。

「行くぞ」

私の反応に満足げに微笑んだ蓮さんは、手を繋いだまま歩き出した。

え、ええっ……このまま生徒会室に向かうのっ……？

すれ違う人の視線も恥ずかしいけど、それ以上に……。

心臓がドキドキして、持たないっ……。

好きだと自覚してから、顔もはっきりと直視できないのに……手を繋ぐなんて、ハードルが高すぎる……。

でも、強く握られている手は、振りほどけそうにない。

観念してこのまま行こうと、私は赤い顔を隠すように視線を下げた。

生徒会室に入ると、蓮さんはようやく手を離してくれた。

はぁ……ドキドキした……。

「お疲れ様です」

平静を装いながら、挨拶をする。

みんな、現れた蓮さんの姿に驚いた表情をしていた。

「……お疲れ。ここで会うのは久しぶりだな、蓮」

舜先輩が、そう言ってふんっと鼻で笑った。

「由姫、ココア飲むか？」

「……無視か？」

れ、蓮さん……。

「お前の仕事は死ぬほど溜まっているからな、とっとと準備をしろ」

案の定、舜先輩に怒られている蓮さんの姿に苦笑いを浮かべる。

南くんが、席から立って駆け寄ってきた。

「蓮くんってば授業終わってすぐ出ていったかと思えば、由姫のこと迎えに行ってたの……!?」

気に入らない様子で頬を膨らませている南くん。

「仲直りすんの早すぎ……」

　ぼそっと聞こえない声量で何か呟いた南くんの後ろから、滝先輩も歩み寄ってきた。

「今日は教室でも随分ご機嫌だと思っていたが……そういうことだったのか」

　私と蓮さんが仲直りしたことを察してくれたのか、優しく微笑みかけてくれる。

「蓮が戻ってきたなら、安易に由姫に近づけなくなるな」

「……あ？」

　え……？

　滝先輩の言葉に、蓮さんが不機嫌そうに声を上げた。

「冗談だ。怖い顔をするな。……よかったな、由姫」

「はいっ……」

　私が笑顔で頷くと、滝先輩は同じものを返してくれる。

　また、いつもの生徒会が戻ったっ……。

　それぞれの席につき、仕事をする。

　私は顔が緩むのを抑えられず、表情筋に力を入れた。

「由姫、どうした？」

　ココアを入れてくれた蓮さんが、私を見て不思議そうにしている。

「え？」

「にこにこして……何かあったか？」

　そ、そんなに顔に出てたかな……？　抑えていたつもりなんだけどっ……。

「生徒会室に蓮さんがいるのが、うれしくって……」

　正直にそう答えると、私を見て蓮さんが目を見開いた。

　蓮さん……？

　蓮さんは眉間にシワを寄せ、なぜか難しい顔をしながら耳元に口を寄せてきた。

「……こんなとこで、かわいいこと言うな」

　へっ……？

　か、かわいいこと……？

「抱きしめるぞ」

「……っ」

　ど、どうしてっ……！

　急に言われたセリフに、ぼぼぼっと顔が熱くなるのがわかった。

　も、もう、蓮さんってばまた、私のことをからかってるのかな……？

「こら、だからかわいい顔すんなって言ってるだろ」

「し、してません、そんな顔っ……！」

　も、もう、勘弁してくださいっ……。

　顔の熱は増していくばかりで困っていると、誰かが立ち上がった音が聞こえた。

「はい舜くん！　蓮くんがさぼってまーす!!」

　どうやら南くんだったようで、手を上げてそんな報告をしている。

「おい蓮、とっとと働け!!」

「ちっ……」

　舜先輩に怒られた蓮さんが、しぶしぶといった様子で席に戻っていった。

た、助かった……。

ほっと、胸をなでおろす。

何はともあれ……。

自分の席で仕事をしている蓮さんを見て、また笑みが溢れた。

蓮さんが戻ってきてくれて、本当によかったっ……。

改めてそう思い、私も自分の仕事を再開した。

これはピンチですか？

　翌日の放課後。それは、いつものように生徒会室に移動する途中に起こった。

　ＨＲが長引いちゃったから急がなきゃっ……！

　小走りで生徒会に向かっていた時だった。

「あの、白咲由姫さんですよね？」

　突然、女子生徒に話しかけられたのは。

「え？　……は、はい」

　だ、誰だろう……？

　見たことも、話したこともないと思うけど……。

　不思議に思いながらも、無視をするわけにもいかず立ち止まる。

「ちょっと来てもらえないかな？」

　え……？

　手を合わせてお願いしてくる女の子に、困ってしまう。

　来てもらえないかって……ど、どこにだろう？

　それに、なんだか嫌な予感がする……。

「あの、今急いでいて……」

　断ろうと思ったけど、女の子はそんな私の腕をがしりと掴んできた。

「お願い、あなたに頼みたいことがあるの……！」

　え、ええっ……。

　あまりに強引な行動に、どうしようかと悩む。

何か急用で困っているのかもしれないし、無下にするのも……。

「す、少しだけなら……」

そう言って、流されることにした。

生徒会のみなさん、遅刻してすみませんっ……。

連れてこられたのは、体育館だった。

今日は部活はしていないのか、誰も人がいない。

なんだか、嫌な雰囲気……。

「ほら、こっちこっち！」

「は、はい……！」

案内されるまま、体育館倉庫に入った。

「わっ……！」

背中を押され、危うくこけるところだった。

驚いて女の子のほうを見ると、倉庫の中の電気がつく。

倉庫内にいたのは……３人の女の子と、複数の男の子だった。

あちゃ……嫌な予感は的中だったのかな……。

「のこのこと現れちゃって、バカな女」

ボス格の女の子が、鼻で笑いながら言う。

そうだよね……私もこんな危ない感じの誘いにほいほいついてきてしまって、後悔してます……。

知らない人にはついていっちゃいけないって、大切な言葉だ。

「ほら、やっちゃって」

女の子たちが、顎でそう指示を出した。

一斉に、私を囲む男の人たち。

「あとはよろしくね」

楽しそうに不敵な笑みを残して、女の子たちは倉庫から出ていった。

残された私と……男の人たち。

男の人たちは、ニヤニヤとちょっと怖い笑みを浮かべながら、私を見ていた。

「あの、これは……」

いったいどういう状況でしょうか……。

「なあ、本当に大丈夫なのか？」

私の質問には答えず、こそこそと話し出した男の人たち。

「西園寺蓮の女だろ……？　バレたら殺されるんじゃ……」

「バレねーって！　つーかビビってんじゃねーよ」

んー……この間に逃げたほうがいい気がする……。

そう思ったけれど、まわりを塞がれているから逃げ道はない。

「……にしても、なんでこんなメガネ女が気に入られたんだよ」

「西園寺の奴、女嫌いじゃなくブス専だったのか」

ぎゃははと、バカにするように笑う男の人たち。

私のことは事実だから構わないけど、蓮さんをバカにされるのは許せなかった。

蓮さんに恨みがある人たち……？

いやでも、そういう感じではなさそう……。

いったい、目的はなんなんだろう。

「あの、今から何を……？」

私の質問に、ボスのような存在の人が不敵な笑みを浮かべた。

「決まってんだろ？　お前を西園寺と金輪際(こんりんざい)会えないような顔にしてやるよ」

答えになってない気が……。

まあ、教えられないってことかな。

「それは……暴力を振るわれるという解釈で大丈夫ですか？」

「そうそう、間違いねーよ。俺らもこんな弱そうな女相手に寄ってたかっては嫌だけど、金積まれてるからなぁ」

金……。

少しだけ見えた。たぶん、あの女の子たちがこの男の人たちに、私を袋叩き(ふくろだた)にするように頼んだのかな。

この人たちは、今から私に暴力を振るうつもりってことで……だったら、問題ない。

「そうですか……それじゃあ、おあいこってことで」

正当防衛ってことで、許してくださいっ……。

そう心の中で呟いて、ふぅ……と小さく息を吐いた。

「……あ？　こいつ、なに言ってやが……ッ!?」

彼が言いきるよりも先に、拳をぎゅっと握り、顔に１発お見舞いした。

そして指の関節で彼の視界を妨げたあと、すぐに鳩尾(きゅうび)にもう１発。

さらに空いている足で別の人の膝に蹴りを入れ、体勢が崩れた隙に首筋を叩く。

他の人も同様に、回し蹴りで首に足を当ててそのまま地面に叩きつけ、着地と同時にもうひとりの顔に足を埋めるように蹴りを入れた。

全員を落とすのにかかった時間は、たぶん10秒くらい。

「……ごめんなさい、これ以上顔が悪くなるのは、ちょっと嫌なので……」

できるだけ短く済ませることができたから、きっと意識を取り戻したあとの彼らの記憶も曖昧になるだろう。

……よし、終わった。

倒れている彼らを見て、安堵の息を吐いた。

どうか、彼らにこの記憶が残っていませんように……！

そう願って、倉庫を出た。

早く生徒会室に行かなきゃっ……！

大幅な遅刻になってしまった……。

ダッシュで、体育館を出ようとした時だった。

……っ、あ！

さ、さっきの女の子たちっ……！

まさかの、出口の裏に女の子たちが集まっていて、向こうも私を見ながら驚いていた。

「ちょっとあんた、何してんのよ……!!」

あああ……み、見つかっちゃった……。

「なんでのこのこと出てきてるわけ？　あいつら何やって

んのよ！」

激怒している女の子たちは、私を睨みながら囲うように円になった。

「ほんとムカつくわね……こうなったら、あたしたちでやるわよ!!」

え、えええっ……。

どうしても私をコテンパンにしたいらしい女の子たち。

その執念はいったいどこから……と、困惑してしまう。

「あ、あの、どうして私を……？」

彼女たちの目的はなんだろう……？

生徒会のファンの人たちかな……？

それとも、２－Ｓのみんな？

「あんた、春季さまに近づいたでしょ!?」

……えっ。

は、春ちゃん……？

「あんたが春季さまのいる屋上に行ったって目撃情報が出てるのよ！」

も、目撃情報って……いったいどこから……。

どうやら、彼女たちは春ちゃんのファンの人らしい。

「生徒会だけじゃ満足できず春季さまにまで手を出すなんて、許せない……！」

そ、そんなことしてないのにっ……。

あれは春ちゃんに誘われて……って、そんなこと言ったらもっと怒られそう。

私は春ちゃんに近づくつもりも、これ以上一緒にいるつもりもないってことを伝えたかったけど、そんなことを言える雰囲気ではなかった。

　この人たちの怒りが冷めるなら、１発や２発殴られてもいいかな……。

　女の人の暴力なんて痛みは知れているから、少しくらい我慢しよう。

　そう、諦めた時。

「……おい、うっせーんだよ」

　離れたところから聞こえた、男の人の声。

　驚いて視線を声の主に向けると、そこにいたのは……。

「……っ、夏目さま……!?」

　なっちゃん……？

なっちゃん

不機嫌そうに眉間にシワを寄せながら、立っていたなっちゃんの姿。

その姿に、私は目を見開いた。

なっちゃんがいたことに驚いたわけではない。

前に見た時にはなかった、左腕のギプス。

そして、鼻にも固定するようにテープが貼られていて、なんていうか……大ケガを負っていた。

そういえば、なっちゃんが保健室に運ばれたって聞いたけど、ここまで重傷だったなんて……いったい、どんなケンカをしたんだろうっ……。

私が呆然(ぼうぜん)としている間に、なっちゃんがこっちへと歩み寄ってきた。

「春季の金魚のフンどもが。とっとと散れ」

女の子たちを睨みつけながら言ったなっちゃん。

女の子たちは顔を真っ青にして、すぐに逃げていった。

これは……助けてくれた、のかな？

でも、そんなことをしてもらう理由も、なっちゃんがしてくれるとも思わない。

昔は優しかったけど……再会したなっちゃんは、人格が変わったのかと思うくらい悪い子になっていたから。

何を考えているのかわからなくて、恐る恐るなっちゃんを見つめる。

するとと私の視線に気づいたなっちゃんは、なぜかにやりと口角を上げた。

「よお、久しぶりだなメガネ」

「……え？」

な、なんだろう、このフレンドリーな感じっ……。

前までは、『げ、メガネ女』って感じだったのに、何かあったのかなっ……。

なっちゃんの考えがわからず、一歩後ずさる。

それにしても……。

「あ、あの、そのケガは……？」

気になって、思わず口にしていた。

だって、こんな大ケガ……。

私の質問に、なっちゃんは顔色を一変させた。

「そうだ、忘れてた……!!　これはてめーのせいだっつーんだよ!!　ったく、散々な目に遭ったぜ……」

え、ええっ……！

私のせいって、ど、どうして？

意味がわからず、パチパチと瞬きを繰り返した。

なっちゃんはそんな私を見て、一瞬不満げに眉をひそめたあと、はぁ……と大げさなくらいのため息をついた。

「……まあ、自業自得だけど」

……？？？

さっきから、どうしたんだろう……？

訳がわからず、また一歩後ずさった。

「んなビビんなよ。……別にもうお前になんかするつもりはねーし」

　そう、なの？

「ただ……」

　安心したのもつかの間、急に真顔になったなっちゃん。

「お前、春季となんかあったのか？」

「え？」

　なっちゃんは、じっと見定めるように私を見てきた。

「さっきの女どもも言ってたけど……屋上で会ったのはマジなのか？」

　それ、は……。

　嘘って、言ったほうがいいのかな？

　なっちゃんに言うことでもないし、これ以上話を長引かせたくない……。

　早く生徒会室に行きたいし、なっちゃんと話していたらボロが出そうだから、正直言いたくないのが本音だった。

　大好きななっちゃんにこんなことを思うなんて、私は最低だ……。

「えっと、あの……」

　返事に困って、視線を下げる。

「あいつ、今まで恋人以外には一切興味しめさねーような執心野郎だったのに……」

　恋人以外には……？

　それはいったい、どういう意味……？

　気になったけど、聞き返すのはやめた。

　もう、春ちゃんとの関係は終わったんだ。今さら、知りたいことは何もない。

　知ってもどうしようもないことは、知らないほうがいいから。

「偶然会っただけです……あの人とは、何も……」

　嘘をつくのは気が引けるけど、本当のことは言えない。

　ごめんね、なっちゃん……。

　fatalのみんなに、バレるわけにはいかないから……。

「……ま、そうだよな。あいつがサラ以外に興味持つとは思えねーし」

　なっちゃんはあっさりと納得してくれて、バレないようにほっと息を吐く。

「つーか、お前、西園寺の女なんだろ？　あんま変な噂立てねーほうがいいぞ」

　さらっと言われた爆弾発言に、慌てて首を横に振った。

「ち、違います……！」

　蓮さんの女なんて……私たちはまだ、普通の先輩と後輩で……って、まだって何っ……！

　私の言葉に、なっちゃんは驚いた様子で目を見開いた。

「ちげーの？　西園寺の片思いってこと？　何だよ……あいつお前の名前出したら豹変しやがったから、できてんのかと思ってたわ」

「え？」

　私の名前を出して、豹変……？

　何のことかわからず、首をかしげる。

「どういうことですか……？」

なっちゃんは、嫌なことを思い出すように明後日の方向を見ながら目を細めた。

「あいつ、俺がお前のことブス呼ばわりしたらボコボコにしてきたんだぞ」

えっ……。

い、いつ!?　そんなことが、あったの……!?

そう思って、ハッとした。

そういえば……蓮さんと口を聞いていなかった時、一度返り血を浴びた蓮さんとすれ違った。

エレベーターから降りてきた、蓮さんの姿を思い出す。

もしかして、あの時……？

蓮さん、私のために怒ってくれたの……？

なっちゃんのケガはかわいそうだけど、蓮さんの気持ちは、素直にうれしかった。

「あっ……今のあいつには言うなよ……！　もう殴られんのはこりごりだからな……！」

これはあまり声を大にしてはいえないことなのか、そうお願いしてきたなっちゃん。

しーっと人差し指を立てる姿がなんだかかわいくて、笑みがこぼれそうになった。

なっちゃんは、また明後日の方向を見て、ゆっくりと口を開く。

「もっと強くなってから、今度こそボコボコにしてやる」

「もっと強く……？」

それは、いったいどういう意味……？

「最近怠けてたからなぁ……まあ、西園寺にボコボコにされて、ちょっと目覚めたっつーか……このままじゃダメだよなって思ったっつーか……」

　なっちゃん……。

　眉間にシワを寄せながら話すなっちゃんに、私はじんとしてしまった。

　なっちゃんも……変わろうとしているのかな？

　どんな心境の変化があったのかはわからないけど……そうだとしたら、喜ばしいことだ。

　もしなっちゃんが、また昔のなっちゃんに戻ったら……その時は…… なっちゃんともまた、お友達に戻りたいな。

「って、なんでお前にこんなこと話してんだ。お前には関係ねーことだ！」

　急に恥ずかしくなったのか、顔を赤くしてふんっと背を向けたなっちゃん。

　今のなっちゃんは、私の知っているかわいいなっちゃんとは違うけど……怖くはなかった。

　本当のなっちゃんを知れたようで、少しうれしいな。

「強くなれるといいですね」

　私の言葉に、なっちゃんはなぜか驚いた表情をしながら振り返った。

「お、おう……」

　ん……？

「つ、つーか、俺様はもともと強い!!!」

　恥ずかしいのか、心なしか顔が少し赤くなっている。

強気な態度のなっちゃんに、また笑みがこぼれる。

「ふふっ、そうなんですか」

「あっ、お前、いま嘘だと思っただろ……バカにしやがって……！」

怒ってしまったのか、声を荒げたなっちゃんをじっと見つめた。

「してないですよ」

そんなの……するわけない。

「変わろうとしてる人をバカになんてしません」

なっちゃんがどうして変わろうとしているのか、どんな強さを追い求めているのかはわからないけど……。

「応援します」

大好きななっちゃんが頑張ろうとしているなら、私はただ応援するだけだ。

「……っ」

笑顔を向けた途端、なぜかなっちゃんはさっき以上に顔を赤くさせた。

目を大きく見開いて、ぽかんと放心状態になっている。

なっちゃん……？　だ、大丈夫……？

心配になって目の前で手をひらひらすると、我に返ったのかはっと瞬きを繰り返したなっちゃん。

「お、俺、目がおかしくなったのか……？」

ど、どうしたんだろう……？

「夏目さん……？」

「な、なんでもねーよ!!」

再び怒ったように、顔を背けてしまったなっちゃん。

あ、あれ……失言でもしたかなっ……。

「……お、お前さ」

恐る恐る、話し始めたなっちゃんの声に耳を傾ける。

「怒ってねーの……？」

え？　怒る……？

「俺、結構言っただろ、お前に」

あ……なっちゃんが言った言葉に、私が怒っていると思ってるのかな……？

たくさん暴言を吐かれた気がするから、いったいどの台詞に対しての言葉かはわらないけど……。

「蔑まれるのは慣れてるので、そんなことで怒ったりしません」

そう返事をすると、なっちゃんは不思議そうに私を見てきた。

「……変な女」

もちろんショックは受けたけど、怒りはない。

私が地味なのもメガネなのも本当のことだし……あはは。

そんなことで怒っていたら、きりがないっ……。

私の言葉に、なっちゃんはバツが悪そうに顔を伏せた。

「お前……まじで全然似てねーけど……ぜんっぜんちげーけど……」

……ん？

何か言いかけたなっちゃんを、じっと見つめた。

「ちょっとだけ、俺の好きな奴に似てる」

「え？」

なっちゃんの、好きな人……？

す、好きな人いるんだ……！

だったら、複数の女の子と遊ぶのなんてやめて、真面目にその子にアタックすればいいのに。

本当のなっちゃんのことは、よく知らないけど……少なくとも私の知っているなっちゃんは、とっても優しかった。

相手の子にも、優しく接すれば、きっと好きになってもらえるはずだ。

なっちゃんは頭もいいし、顔もとびっきりかわいいから。

微笑んだ私を見て、なっちゃんが怒ったのか顔を真っ赤にした。

「自惚れんなよ!!　あれだぞ、ちょっとした仕草とかそういうことだけだからな!!　サラはお前なんかとは比べもんにならねーほど美人なんだからな!!」

……ん？

さ、サラって言った……？

好きな奴って……わ、私のこと!?

驚愕の事実に、開いた口がふさがらなくなった。

えっ……な、なっちゃんって、私のことが好きだったの……？

……い、いやいや、好きって、仲間としてだよね……！

そ、そうに違いない……！

驚いている私をよそに、なっちゃんが話を続ける。

「サラは、優しいからしょうもないことで怒んねーし、包容力があるっていうか……そういうのが、なんか……あー、やっぱ今のなし!!」

そ、そんなふうに、思ってくれていたんだ……。

うれしいけど、面と向かって言われるなんて、恥ずかしいな……。

なっちゃんも、私がサラと知らないわけで……なんだか申し訳ないことをしている気分だっ……。

どう反応していいかわからず困っていると、突然なっちゃんが勢いよくこちらを見た。

その目は何かいいことを思いついたようにキラキラと輝いていて、私は首をかしげる。

どうしたんだろう？

「そうだ！　お前俺様にアドバイスしろよ!!」

「アドバイス……？」

い、いったいなんの……？

「俺はサラに好きになってもらえるような男になるんだ。だからお前は、そのアドバイスをしろ!!」

「……へ？」

思わず、そんな声が漏れた。

ま、待って待って……いろいろとおかしい！

まず、サラに好きになってもらえるようにって……わ、私、本人なのに……。

それに、なっちゃんは私のことメガネ女って呼ぶくらい、嫌いなんじゃなかったっけ……？

　どうして急にこんなに、フレンドリーに接してくれるんだろう？

　わからないことだらけで、もう情報が処理しきれない。

　混乱している私を見て、なっちゃんは顔を歪ませ眉間にシワを寄せた。

「お前、理解力ないのか？」

　ひ、ひどいっ……。

「あ、アドバイスって言われても……」

　いったい、何をすればいいの……？

「こういう男は嫌だとか、こういう感じが好印象だとか、なんかあんだろ!!」

　そんな大雑把な……。

「あの、なんで私なんですか？」

　どうして嫌いな人間にアドバイスをもらうなんて思考に至ったのかが気になって、そう聞いた。

「見た目はマジでぜんっぜんちげーけど……お前のその無頓着(むとんちゃく)なとこ……ちょっとサラに似てるし、それにお前、俺様に全然興味なさそうだから」

「興味がなさそうだから……？」

「俺様のこと好きじゃない女なら、改善点もわかるだろ！」

　な、なるほど……。

　たしかに、理にかなってはいるけど強引だな……。

「さっそくだけどさ、そのサラって奴はすっげーかわいくて優しい奴なんだけど、どんな男が好きだと思う？」

「ええっ……」

そ、そんなこと聞かれても……。

ていうか、すっげーかわいくて優しい奴って……本当に私の話……？

なっちゃんはいつも私のことを「大好き！」とかわいく言ってくれていたけど、妹みたいな感情なはず……。

と、とりあえず、なっちゃんがキラキラした目で返事を待っているから、答えないとっ……。

「え、えっと……どんな相手にも、優しく接することができる人、とか……？」

優しい人が嫌いな人は、めったにいないと思うっ……。

私も、どちらかといえば優しい人が好きだ。

……優しいなっちゃんのことが、好きだった。

私の言葉に、なっちゃんは、はっとした表情をした。

「……まあ、たしかにそうだな。サラならいいそうだ」

あはは……ほ、本人だからね……。

心の中で、苦笑いとともにそんな言葉をこぼした。

「お前、ちょっとは役に立ちそうだ！　どうせいつも暇なんだろ？　たまに俺の相談に付き合えよ！」

え、ええっ……！

暇なんだろって、失礼なことをさらっと……それに、たまにって？

私の正体がバレるのは避けたいし、できればfatalのみんなとはあんまり関わらないようにしようって決めたのにっ……。

「スマホ貸せ！　連絡先交換すんぞ！」

私の気も知らずに、強引に話を進めるなっちゃん。

スマホを見られるのは困るので、大人しく連絡先の交換画面を開いた。

交換が完了し、なっちゃんは満足げ。

あ……。

なっちゃんのアイコンは、昔私と撮った写真だった。

私たちの顔が写っているものではない。

夕方にふたりで話していた時、空がピンク色になっていて……。

『空、キレイだねなっちゃん』

『そうだなぁ、サラの色だ』

『ふふっ、なあにそれ』

『写真撮っとこ』

あの日の写真……ずっとアイコンにしてるのかな……。

「よし、俺が呼び出したらこいよ！　あっ……」

得意満面ななっちゃんは、何かを思い出したのか少しだけ顔を青くさせた。

「い、言っとくけど、これは俺たちだけの秘密だからな！　あ、あと、俺と関わりがあること、nobleの奴らには……とくに西園寺には言うなよ……!!」

どうやら、蓮さんのことは少し怖いみたい。

こんな大ケガしたんじゃ、怖くなるよねっ……。

「わ、わかりました」

こくりと頷くと、なっちゃんが「よろしい」とでも言うかのような顔をした。

「あの、私、そろそろ……」

　もうとっくに生徒会が始まっている時間だし、これ以上遅刻するのはっ……。

「なんだよ、メガネのくせに用事か？　まあしゃーねーな」

「それじゃあ……」

　早く帰ろうと、なっちゃんに背を向けた時だった。

「ま、待て！」

　引き止める声に、振り返る。

　まだ何かあるの……？

「そ、その……」

　なっちゃんは、口を開いては閉じ、開いては閉じを繰り返している。

　言いにくいことでもあるのか、私はじれったい気持ちで先の言葉を待った。

「い、いろいろ、悪かった」

「え？」

　不本意そうな表情をしながらも、謝罪の言葉を口にしたなっちゃんに目を見開く。

　私の反応に、なっちゃんは顔を赤くした。

「……んだよ、お前が言ったんだろ……！　まずはお前に優しくなろうとしてやったんだよ!!」

　あ……な、なるほど。

　相変わらず上から目線だけれど、なっちゃんの気持ちは伝わった。

　なっちゃんも、変わろうとしてくれてるのかな……。

もうわかりあえることはないんだろうなと思っていたから、うれしかった。

私たち……いつか、友達に戻れるかな？

「それじゃあ、私からも……」

体をなっちゃんのほうに向けて、微笑んだ。

「さっきは助けてくれて、ありがとうございましたっ……」

「……っ」

「それじゃあ、また」

そう言い残して、私は急いで生徒会室に向かった。

ふふっ……何があったのかはわからないけど……なっちゃんの変化はうれしいな……。

足取りは軽く、心の中はなんだかぽかぽかと温かい。

なっちゃんの中に優しさが残っていたことに、口元が緩んで仕方なかった。

「俺、マジで目、おかしくなったか……？　眼科も行っとくか……」

私がいなくなった場所で、なっちゃんがひとり頭をかかえていたとも知らずに……。

恋の歯車は人知れず動く

　なっちゃんと別れて、まっすぐに生徒会室へ向かった。

「遅刻してすみません……！」

　怒られることを覚悟でドアを開けると、中にいたのは蓮さんだけ。

「あれ、皆さんは……？」

「さっき出ていったな。そのうち戻ってくる」

　そ、そうだったんだ……。

　生徒会の人たちは職員室に行ったり部活動に顔を出したりもしているから、どこかへ行くのは珍しいことではないけど、一斉に出払っているのは珍しい。

　蓮さんが、いつものように飲み物を入れてくれている。

　笑顔でマグカップを渡され、「ありがとうございます」と受け取った。

　あっ、そうだ……。

「蓮さん……あの、聞きました」

「ん？」

　蓮さんは、不思議そうに私を見つめた。

「私のことで……なっちゃんに、怒ってくれたって……」

「なっちゃん……？」

　誰だそれとでも言いたげな蓮さんに慌てて続ける。

「あ。難波夏目です。fatalの」

「あー……」

私の言葉に、思い出したかのように小さく唸った蓮さん。

私に知られたくはなかったのか、バツが悪そうに頭を掻いた。

「……好きな女バカにされて、黙ってられなかっただけだ」

……っ。

まっすぐな言葉に、ドキッと心臓が高鳴る。

「あ、ありがとう、ございます……」

うう、顔が熱い……。

見られたくなくて視線を下げたのに、なぜか私の顔を覗き込んでくる蓮さん。

「惚れたか？」

蓮さんは冗談で言ったんだろうけど、私はそうは受け取れなかった。

「……っ、え」

真っ赤になっているだろう私の顔を見た蓮さんが、大きく目を見開いた。

「由姫……？」

ど、どうしよう……私が蓮さんのことを好きだって、ばれちゃった……っ？

「えっと、あの……」

ごまかさなきゃと言い訳を考えるけど、何も言葉が浮かばない。

軽くパニックに陥(おちい)っていると、生徒会室の扉が開いた。

「戻った」

しゅ、舜先輩……！

入ってきた舜先輩が、私たちを見て眉間にシワを寄せた。

「……誰もいないからと言って、こそこそと由姫に何をしているんだ？」

「何もしてねーよ」

不満げに顔をしかめた蓮さんが、私から離れた。

それに、ほっと胸をなでおろす。

ばれては、いないよね……？　よ、よかった……。

今はまだ……ばれたくない。

だって……やっぱり、心変わりが早すぎるって、思われたくない……。

蓮さんにはちょっとでも、嫌われたくないっ……。

「腹減ったからなんか買ってくるな。由姫、なんかいるか？」

優しくそう聞かれ、首を横に振った。

「菓子ならあるぞ」

「いらねー」

舜先輩の言葉に即答し、生徒会室を出ていった蓮さん。

顔の熱を冷まそうと、パタパタと手で仰ぐ。

蓮さんってば、私のことをドキドキさせることばっかりするから困るっ……。

「由姫、お疲れ」

挨拶をしてくれた舜先輩に、私もぺこりと頭を下げた。

「お、お疲れ様ですっ……！　今日は遅刻してすみませんでしたっ……！」

「由姫が遅れるなんて珍しいから、何かあったのかと心配したぞ」

　何かあったのはあったけれど、これ以上心配をかけるのは嫌だから言わないでおこう。

　もう一度「すみませんでした……」と謝ると、舜先輩はなぜか私のことをじっと見つめてきた。

　ん……？

「由姫、蓮に困らされていないか？」

「え？」

　ど、どういうことだろう……？

「い、いえ……」

　たまに意地悪なことは言われるけれど、本気で困らせようとしているわけじゃないとわかっているから……。

「そうか」

　私の返事に、舜先輩は少しの間、黙り込んだ。

「蓮の気持ちは知っているが、由姫は……蓮のことを、どう思っているんだ？」

「え？」

　突然の質問に、首をかしげる。

　ど、どうして急に、そんなことを聞くんだろうっ……。

　もしかして、私の気持ちがばれている、とかっ……？

「優しい、先輩だと……」

　好きです、なんて言えるはずもなく、そう答えた。

　すると、舜先輩はまた「そうか……」と言ったあと、頭を押さえた。

「はぁ……」

　舜先輩……？

「すまない。ここのところ、俺は……」

「……？」

「お前と蓮のことを、素直に応援できそうにないなんて、最低な友人だな、俺は」

……え？

素直に応援できないって……どういう意味だろう……？

「いや、何もない」

意味がわからず聞き返したかったけれど、舜先輩が話を中断するようにそう言ったため、聞かないでおいた。

なんだかわからないけど、舜先輩の中には不思議な葛藤（かっとう）があるみたい……？

「今日も仕事が山積みだぞ。遅刻した分しっかり働いてもらおうか」

ぎくっと、体が変な音を立てる。

「うっ……は、はい！」

「いい返事だ」

そう言って微笑む舜先輩はいつもどおりで、さっきの話はもう気にしないことにした。

不穏な影

【side秋人】

最近、fatalはおかしい。

放課後、風紀の教室でたむろっていると、部屋の扉が開いた。

現れたのは、深傷（ふかきず）を負っている夏目の姿。

教室で西園寺にボコボコにされて、日帰り入院までしていた。

顔には何箇所もガーゼを貼っている上、鼻は折れたのかテープのようなもので固定されていて、腕もギプス&包帯のダブル装備。

「お、夏目。やっほ」

ヘラヘラ笑いながらそう言えば、鋭い目で睨まれた。

「……ちっ」

「顔、変に腫れなくてよかったねぇ～」

「へっ、お前とはしゃべんねーよ、薄情もんが!!」

薄情もん、ねぇ……。

でもあれは誰も助けられないでしょ。俺、どっかのおバカさんみたいに西園寺に挑むほど向こう見ずじゃないし。

夏目みたいにケガだらけになるのはごめんだったし～。

あははと笑えば、夏目はまた舌打ちをした。

もっと文句を言われるかと思ったが、なぜか黙り込んだ夏目。

「……いや、みんなに優しく、か……」

ん……？

ぼそっと何か呟いたあと、俺を見てふんっと鼻を鳴らした。

「まあ、俺を見捨てたことは許してやるよ。どうせ俺より弱いお前が助けに入ってきても、共倒れするだけだっただろうしなぁ」

「……は？」

何言ってんの……？

ちょっと待って、気持ち悪いんだけどマジで。

いつもなら癇癪(かんしゃく)を起こしたみたいに怒り狂って殴ってくるくらいなのに……その物わかりのいい感じ、なんなのいったい。

頭を打って変になった？

夏目の豹変(ひょうへん)ぶりにゾッとしていると、隣のソファで春季と話していた冬夜が歩み寄ってきた。

「もうケガは平気なのか？」

「おうよ」

……気のせいか、夏目の冬夜への対応が柔らかくなっている気がした。

いや、気のせいじゃない。

今まで夏目は冬夜のことを毛嫌いしていたのに……こんな笑顔を向けているところは、サラの前以外で見たことはない。

あの日、冬夜が夏目をかばったからか……？　はっ、そんなことで絆されるとか、思ってたよりも簡単な奴だったんだな。

「何やってんだ？」

夏目が、ノートパソコンを開いていた春季のところへ歩み寄っていった。

画面を覗き込む夏目に、冬夜が代わりに答える。

「あー、fatalも編成が不適切だったから、それぞれの部隊を編成し直してるんだよ」

「ふーん、俺もやろっかな」

……っ。

本気でどうしたんだよ。

「……おいおい、なに言ってんだよ夏目。お前はこっち側だろ？」

いい子ちゃんぶってる冬夜も、最近急に真面目ぶっている春季のことも気に入らない。俺と一緒だったろ？

「へっ、お前と一緒なんてやだね」

あっさりとそう言い放った夏目に、スマホを持っていた手に力がこもる。

ミシッと、嫌な音がした。

「幹部編成は？」

「それはこのままで。特攻隊と……」

「ああ、ケツ持ちも変えたほうがいいだろ」

意見を出し始めた夏目の姿に、歯ぎしりが止まらない。

俺に背を向け、３人は真剣に話し合っている。

「はぁ……俺、あんま後輩の顔覚えてねーからわかんねーよ。あとは任せた」

「はいはい」

　音を上げた夏目に、冬夜が仕方ないなとでもいうかのように笑っている。

　なんだよ、この気持ち悪い空間は……。

「ねえ」

「んー？　なんだよ」

　スマホをいじり出した夏目に、声をかけた。

「急にいい子ちゃん化してどうしたの？　夏目らしくない」

「別にいい子ちゃんぶってねーよ。俺も心を入れ変えたってやつだなぁ」

　ドヤ顔でそんなことを抜かす夏目に、苛立って仕方ない。

　ちっ……うっざ……。

「俺、かわいい系卒業しよっかな……」

　夏目は、今度はぽつりとそんなことを言い出した。

　やっぱりこいつ、頭の打ち所が悪かったんだな。

「いや、サラはかわいい俺が好きかなぁと思ってたけど、やっぱ高３にもなってかわいい系っていうのはな……」

　ぶつぶつと話している夏目に、悪寒すらする。

「俺も本当はムキムキの漢！　って感じになりてーし……でもそれはやっぱり身の丈に合ってねーかなって……どう思うよ秋人」

「いや、どうでもいい」

　心底そう思い、はっきりと言ってやった。

「なんだよ、ノリわりーな……あっ、そうだ。こういう時にあいつに聞けばいいんだよなぁ」

何か思いついた様子で、笑顔に変わった夏目。

……あいつ？

「あいつって誰？」

「お前には内緒～。呼びだそーっと」

ご機嫌な様子で言った夏目に、ちっと舌打ちがこぼれた。

何ウキウキしてんだ……？　いっつも無駄にイライラしてまわりに当たり散らしてたくせに……。

クソ、どいつもこいつも浮かれきって……気持ち悪いなぁ。

冬夜はもともと鬱陶(うっとう)しいけど、春季も、夏目も……何があったって言うんだよ。

俺たちは、真面目でいい子ちゃんなグループでもねーのに。

そういうのは……サラの前だけでいい。

急に豹変したメンバーたちに、俺はひとり、嫌悪感を抱き始めていた。

奪われたメガネ

よーし、今日のお仕事終了……！

作った資料をコピーし、舜先輩に渡す。

「舜先輩、終わりました」

「お疲れ。今日はもう帰ってもいいぞ」

「俺も帰る」

隣にいた蓮さんが、そう言ってノートパソコンを閉じた。

すかさず、舜先輩のツッコミが入る。

「バカを言うな。お前は今日は帰れないつもりで働け」

「あ？」

ふたりのやりとりに、苦笑いを浮かべた。

たしかに、蓮さんの仕事は今日中には終わらなさそうだな……。机の上に山積みになった資料を見ていると、気が遠くなりそう。

「わ、私も手伝いますよっ……！」

そう言って、蓮さんの机の上にある資料を確認しようとした時だった。

ん……？

ポケットに入れていたスマホが震え、慌てて取り出す。

誰から電話だろう……？

画面を開いて、私は映し出されていた名前に目を見開いた。

「ちょ、ちょっと失礼します……！」

慌てて奥の個室へ移動し、電話に出る。

「も、もしもし……？」

《おお、やっと出たか！》

電話越しに聞こえた、なっちゃんの声。

《今から即、第5準備室前集合！》

え、ええっ……！

今から即って……む、無理だよ……！

「今すぐはちょっと……」

《重要な話がある。相談に乗れ》

重要な話……？

私が返事をするよりも先に、ブツッと一方的に切られた通話。

な、なんて強引な……。

重要な話って、いったいなんだろう……？

というか、なっちゃんが見ず知らずの私に、重要な話なんてする……？

わからないけど、無視するわけにもいかない……。

「す、すみません、ちょっと教室に忘れ物をしたので……行ってきます！」

行くだけ行って、話を聞いてあげよう。

それで、これからはこんな強引な呼び出しはやめてもらうように言わなきゃ……。

「僕も一緒に行こっか？」

「おい、サボっていた期間はお前も変わらないぞ、南。働け！」

「も～、舜くんの鬼ー！」

　南くんにありがとうと言って、生徒会室を出る。

　なっちゃんに言われたとおり、第５準備室前へと急いだ。

「お、早かったな」

　すでにその場所にいたなっちゃんが、現れた私を見てふふんと不敵に笑う。

「あの、話って……？　何かトラブルですか……？」

「ああ、俺の今後を左右する大事な問題だ……」

　今後を左右する……？

　もしかして、fatalで何かあった、とか……？

　なっちゃんの真剣な表情に、ごくりと息をのんだ。

「俺は今、かわいい系を卒業しようか悩んでる」

「……へ？」

　相応の話だと覚悟をしていた私に届いた、そんな宣言に思わず変な声が出る。

　か、かわいい系を卒業……？

　な、なっちゃん、何を言ってるの……？

「どう思う？」

「ど、どう思うって……？」

　まさか、重要な話って……そんなこと？

「お前の意見を聞かせろって言ってんだよ！」

　私の返事を待っているなっちゃんの顔は、真剣そのもの。

　は、話って、本当にそれだけ……？

「あの、その話、電話でもよかったんじゃ……」

私がここに来た意味は……と、拍子抜けしてしまった。

「ああ？　重要な問題だろーが！　ちゃんと実際に俺様を見て判断してもらわねーといけないだろ！」

なっちゃんは真面目に言っているらしく、私の言葉が心外だったのか眉間にシワを寄せた。

え、ええっ……理不尽……。

「今傷だらけってこともあるけどさ、ワイルド系でもいけんじゃね？」

期待に満ちた眼差しを向けられ、とりあえず頷いておいた。

「い、いけると思います」

私の返事に、なっちゃんはうれしそうに目を輝かせた。

「マジ！　本格的に鍛えるか〜！」

どうやら、これで悩みは解決したらしい。

ほ、ほんとに、それだけのために私は呼び出されたのかな……あはは。

けど、なっちゃんは昔からちょっとわがままなところがあったから、それほど驚くことでもないかと割り切ることにした。

愛嬌があるから、許せちゃうんだよね……。

それに、前のように話す言葉に棘というか、嫌味な感じがなくなった。

なっちゃんが少しずつ変わろうとしている証拠だと思うと、うれしくなる。

少しくらい、付き合ってあげてもいいのかな……ふふっ。

「つーか、お前もちょっとは身だしなみに気をつけろよ」

　話が私のことに移り、苦笑いを返す。

「わ、私はいいんです……」

　これ、変装だから……とは言えない。

「いーや、よくねえ！　まずはそのメガネをどうにかしろ！見てるだけで鬱陶しい！」

　うっ、そこまで言わなくても……。

　なっちゃんの手厳しいコメントに、軽くショックを受けた。

「どんだけ目、悪いんだよ。コンタクトにすれば？」

「こ、コンタクトはちょっと怖くて……」

「この髪も、バッシバシじゃん！」

　突然私の髪に触れ、失礼なことを言ってくるなっちゃん。

　わ、私だからいいけど、女の子にそんなこと言ったらダメだよなっちゃん……！

　心の中でそう呟いた時、なっちゃんが何か思いついたようにハッとした表情になった。

　嫌な予感しかしなくて、私は一歩あとずさる。

「あ、いいこと思いついた！　俺様がお前をプロデュースしてやるよ！」

　や、やっぱり、嫌な予感が的中だっ……。

　プロデュースなんて……け、結構ですっ……！

　全力で遠慮したい私とは裏腹に、なっちゃんはもうその気になっているらしく、にやにやと不敵な笑みを浮かべている。

「とりあえず素材を確認するから、メガネ取れ！」

すっと伸びてきた手に、脳内で警告音が轟いた。

「えっ、だ、ダメ……！」

メガネを取れば……確実にバレるっ……！

それだけは避けないといけないと、思わず手を振りおろしてしまった。

パシッと、私の掌（てのひら）がなっちゃんの頬を叩いた音が……それはそれはよく響いた。

結構な力で叩いてしまった自覚があり、痛そうに頬を抑えたなっちゃんに罪悪感が込み上げる。

い、今の、絶対に痛かったよねっ……。

「ご、ごめんなさ……」

「お、お前……俺様のキレイな顔を……！」

なっちゃんの声が、さっきより格段に低くなった。

その声の低さに、何かのスイッチを押してしまったんだと血の気が引いた。

ま、まずい……お、怒ってる……！

「また鼻曲がったらどうすんだ!!」

本気で怒っているなっちゃんの姿に、また一歩あとずさる私。

「ご、ごめんなさい、でもっ……」

す、素顔は見られるわけにはいかないからっ……。

なっちゃんの、瞳の色が変わった。

まるで獲物を捕らえた肉食動物みたいに、きらりと光る。

「こうなったら、絶対にメガネを外してやる……！」

「ええええっ……！」

　再び伸びてきたなっちゃんの手を、すんでのところで避けた。

　まずい……本気でメガネを取るつもりだっ……。

　に、逃げなきゃ……！

「あっ、おいこら待て!!」

　ダッシュで駆け出そうとしたけど、遅かった。

　なっちゃんの手が、私のメガネに触れる。

　そして……メガネが、あっけなく地面に落ちてしまった。

「……っ」

　ま、ずい……！

　本当に、逃げなきゃ……。

「あ、てめっ……逃げんな!!」

　顔を見られないように、俯きながら走り出した。

　体育の測定の時よりも、全力で駆けた。

　追いつかれるわけにはいかなくて、もう無我夢中(むがむちゅう)だった。

　素顔を見られたら、一発でバレるに違いない。

　私は素顔が見られないように、できるだけ人気のなさそうなほうへと走った。

絶対絶命、再び

「どうせ目が点とかだろ!!　ブスなのはだいたいわかってるから観念して見せやがれ!!」

後ろから、なっちゃんの激怒している声が聞こえる。

い、いつまで追いかけてくるのっ……！

もう、５分は走り続けている。

粘り強く追いかけてくるなっちゃんのしつこさに、心が折れそうだ。

体力はまだ平気だけど、顔を誰かに見られたらどうしようっ……。

私の素顔を……サラのことを知っている人に見られたらまずいことになると、できるだけ人がいなさそうな場所へと進む。

いつの間にか、生徒会室近くの裏庭まで来ていた。

「てめぇ、無駄に足速すぎんだよ……!!　いい加減、止まりやがれ!!」

「こ、来ないでっ……！」

なっちゃんには、絶対見られるわけにはいかないものっ……！

「……っ、え？」

なぜか、なっちゃんが困惑したような声を出した。

「……」

「っ、お前の声、まぎらわしーんだよ!!」

……ん？

声？

どういう意味だろうと思ったけど、そんなことを気にしている場合じゃない。

どうやって逃げきろうと思った時、先の道に林があることを思い出した。

そうだ、この先で二度曲がって一瞬距離が生まれるから、そこからあの林に飛び込んで窓から廊下に入ろう……！

これで完璧(かんぺき)だ……！

さっそく実行に移すため、進行方向を変えた。

角を曲がり、また曲がる。

そして、そのまま林に突っ込む。

「えいっ……！」

木の枝にぶら下がって、一気に進んだ。

想定どおり……！と思ったけど、誤算が生じた。

「きゃっ……!!」

木の枝に引っかかって、ウイッグが取れてしまった。

ま、まずいっ……！

取ろうと思ったけど、足を滑らせて落ちてしまう。

これ以上、音を立てたらバレる……！と思い、私はウイッグを諦めて進むことを優先した。

そして、生徒会室のさらに奥、使われていない教室の前の非常口から中に入る。

「い、いたた……」

　さっき滑らせた足が痛み、その場にしゃがみ込んだ。

　どうしようっ……。

　う、ウイッグまで取れちゃったっ……。

　なっちゃんのことは撒けたみたいだけど、誰かに見つかる前に帰らなきゃっ……。

　もう素顔を隠すものが何もなく、とにかく身をひそめようと思った時だった。

「……あ！　おい、そこの女！」

　……っ!?

　なっちゃん……。

　く、来るのが早すぎる……っ。

　私は、すっかり忘れていた。

　なっちゃんが、陸上で全国大会へ出場するほどの俊足(しゅんそく)だったことを。

　一歩遅れ、逃げるタイミングを失ってしまった私のほうへと駆け寄ってくるなっちゃん。

「ここに地味な女、来なかったか……って、は？」

　もう、ダメだ……。

　完全に顔を見られてしまって、私の頭の中に諦めの文字がよぎった。

　なっちゃんは、私を見ながら大きく目を見開いている。

「……サ、ラ…ッ」

　そ、そうだよね……。

　……びっくり、するよね……。

　どうしよう……今からでも逃げたほうがいいっ……。

私が“メガネ女”だということはバレていなさそうだし、いったん逃げてから先のことを考え……。

「おい、なんの騒ぎだまったく……って……っ!?」

――え？

廊下の曲がり角から、現れたふたつの影。

私を見て目を見開いている舜先輩と滝先輩の姿に、サーッと血の気が引いた。

「サラ……？　どうして、お前がここに……」

窮地に立たされた私は、どうやってこの場から逃げようかと頭をフル回転させる。

今度こそ本当に……ぜ、絶対絶命、だっ……。

【続】

あとがき

☆afterword

　このたびは、数ある書籍の中から『総長さま、溺愛中につき。③～暴走レベルの危険な独占欲～』を手に取ってくださり、ありがとうございます！

　今まで以上の急急展開でお送りしました第③巻、いかがでしたでしょうか？……！
　春季くんとの別れや正体がバレる事件、そして蓮さんへの恋心の自覚……由姫ちゃんにとっては怒濤(どとう)の期間だったと思います！
　個人的に書いていてわくわくするシーンが多く、私も楽しんで書かせていただきました！
　読者様にも、ドキドキハラハラを味わっていただけていたらうれしいです……！
　夏目くんと蓮さんのケンカのシーンだけは、書いていて痛々しかったです……！（夏目くんごめんね……！）
　ただ、後半では改心した夏目くんに、うれしい気持ちで執筆していました。サラちゃんに好きになってもらえるように、頑張れ夏目くん！

　そして、次回はついに④巻です！
　①～③巻までが揃った『総長さま、溺愛中につき。』シリーズですが、次回④巻でついに最終回を迎えます……！

ラスト、サラを見つけてしまった夏目くん、舜先輩、滝先輩には正体がバレてしまったのか……先の展開を想像しながら、ぜひお楽しみに！

少しネタバレをすると、今まで動かなかった秋人くんがついに動き出します……！

また、蓮さんと春季くんとの総長バトルにも、ついに決着が……！

由姫ちゃんの正体はこのままバレてしまうのか、蓮さんとの恋、そしてそれぞれの由姫・サラへの恋はどうなるのか……どうか由姫ちゃんの恋の行方を見届けてください！

サイトのほうでも先読みの公開を行っておりますので、「次の発売が待てない！」と思っていただけた方はぜひそちらもチェックしてみてください！

最後に、感謝の言葉を述べさせてください！

素敵なイラストを描いてくださった朝香のりこ先生はじめ、本書の制作に携わってくださった皆様。

そしてそして、本作を手にとってくださった読者様。『総長さま、溺愛中につき。』シリーズに関わってくださったすべての方に、深く感謝申し上げます！

ここまで読んでくださり、ありがとうございます！

また④巻でお会いできることを願っています！

2020年５月25日　＊あいら＊

作・＊あいら＊

大阪府在住。ハッピーエンドを専門に執筆活動をしている。2010年8月『極上♥恋愛主義』が書籍化され、ケータイ小説史上最年少作家として話題に。そのほか、『♥ LOVE LESSON ♥』『悪魔彼氏にKISS』『甘々100%』『クールな彼とルームシェア♥』『お前だけは無理。』『愛は溺死レベル』が好評発売中（すべてスターツ出版刊）。著者初のシリーズ作品、『溺愛120%の恋♡』シリーズ（全6巻）が大ヒット。胸キュンしたい読者に多くの反響を得ている。ケータイ小説サイト「野いちご」で執筆活動中。

絵・朝香のりこ（あさかのりこ）

2015年、第2回りぼん新人まんがグランプリにて『恋して祈れば』が準グランプリを受賞し、『りぼんスペシャルキャンディ』に掲載されデビューした少女漫画家。既刊に『吸血鬼と薔薇少女』①～④（りぼんマスコットコミックス）がある。小説のカバーも手掛け、イラストレーターとしても人気を博している。

ファンレターのあて先

〒104-0031
東京都中央区京橋1-3-1
八重洲口大栄ビル7F
スターツ出版（株）書籍編集部 気付
＊あいら＊先生

総長さま、溺愛中につき。③
〜暴走レベルの危険な独占欲〜

2020年5月25日　初版第1刷発行
2021年4月20日　　　第5刷発行

著　者　＊あいら＊

発行人　菊地修一

デザイン　カバー　粟村佳苗（ナルティス）
フォーマット　黒門ビリー&フラミンゴスタジオ

ＤＴＰ　久保田祐子

編　集　黒田麻希　酒井久美子

発行所　スターツ出版株式会社
〒104-0031 東京都中央区京橋1-3-1　八重洲口大栄ビル7F
出版マーケティンググループ　TEL03-6202-0386
(ご注文等に関するお問い合わせ)
https://starts-pub.jp/

印刷所　共同印刷株式会社
Printed in Japan

ISBN　978-4-8137-0905-3　C0193

読むたび何度でも恋をする…全力恋宣言！
毎月25日はケータイ小説文庫の日♥

心に沁みるピュアラブやキラキラの青春小説、
「野いちご」ならではの胸キュン小説など、注目作が続々登場！

ケータイ小説文庫　2020年4月発売

『極上に甘いキスしてみない？』みゅーな**・著

高1の桃花は、2つ年上のイケメン・翼に初対面で「俺の彼女にならない？」と提案される。驚いて断ると「じゃあキスしてみない？」と再提案⁉　そんな翼を拒否していた桃花だけど、だんだん本気になるアプローチと素の優しさに、少しずつ惹かれて…？　モテるのに一途な先輩と溺甘学園ラブ♡

ISBN978-4-8137-0889-6
定価：本体590円＋税

ピンクレーベル

『お前、可愛すぎて困るんだよ！』立川凛音・著

甘えたがりな高1の妃莉は、同居中の1コ上の幼なじみ・碧にべったり。一方の碧は、妃莉が大好きだけど、自分を男として見てくれない無邪気な妃莉にモヤモヤ中…。そんな中、イケメンチャラ男・朝陽の登場で2人の恋が動き出し…⁉
クール系溺愛王子×天然系美少女の幼なじみラブコメディ！

ISBN978-4-8137-0888-9
定価：本体590円＋税

ピンクレーベル

『キミの生きる世界が、優しいヒカリで溢れますように。』晴虹・著

いじめにより自殺し、“死んだはず”だった16歳の新垣ゆりは、美樹という16歳の女の子として目覚めてしまう。心は“ゆり”のまま美樹として通う高校で、マジシャンを志す同級生の隼人に出会う。心優しい隼人に惹かれていく、ゆり。初めての友情、そして恋。自殺したはずのゆりに訪れる結末は⁉

ISBN978-4-8137-0890-2
定価：本体580円＋税

ブルーレーベル